Zak, Monika
    Alex DogBoy / Monika Zak ; ilustrador Andrés
Rodríguez ; traductora Ana Valdez. -- Bogotá :
Panamericana Editorial, 2015
    328 páginas : ilustraciones ; 21 cm.
    ISBN 978-958-30-5047-3
    1. Novela sueca 2. Infancia - Novela 3. Abandono
(Psicología) - Novela 4. Historias de aventuras I. Rodríguez,
Andrés, ilustrador II. Valdez, Ana, traductora III. Tít.
839.736 cd 21 ed.
A1506855

    CEP-Banco de la República-Biblioteca Luis Ángel Arango

Alex Dogboy

Esta edición fue posible gracias a arreglos con Editorial Piedra Santa.

Primera reimpresión, abril de 2017
Primera edición en Panamericana Editorial Ltda.,
enero de 2016
Título original: *Dogboy*
© 2002 Monika Zak
© 2005 Editorial Piedra Santa
© 2015 Panamericana Editorial Ltda.
Calle 12 No. 34-30, Tel. : (57 1) 3649000
Fax: (57 1) 2373805
www. panamericanaeditorial. com
Bogotá D. C., Colombia

Editor
Panamericana Editorial Ltda.
Edición
Luisa Noguera Arrieta
Ilustraciones
Andrés Rodríguez Moreno
Traducción del sueco
Ana Valdez
Diagramación
Martha Cadena / Alejandra Sánchez

ISBN 978-958-30-5047-3

Impreso por Panamericana Formas e Impresos S. A.
Calle 65 No. 95-28, Tels. : (57 1) 4302110 / 4300355. Fax: (57 1) 2763008
Bogotá D. C., Colombia
Quien solo actúa como impresor.

Impreso en Colombia - *Printed in Colombia*

Alex Dogboy

Monika Zak

Ilustraciones
Andrés Rodríguez Moreno

Traducción
Ana Valdez

PANAMERICANA
EDITORIAL
Colombia • México • Perú

Contenido

Conversación con los perros

El niño al que llamaban Dogboy (el niño de los perros) estaba sentado en la orilla de un río maloliente que corría por la ciudad. El pelo negro y rebelde le salía por debajo de la gorra de béisbol, los pantalones estaban sucios y el suéter le quedaba grande. Estaba descalzo ya que otro niño que también vivía en la calle le había robado sus zapatos tenis durante la noche.

Sobre sus rodillas alzaba una perra blanca con manchas negras, y le acariciaba el lomo con suavidad.

Otro perro, de color marrón, más grande y peludo, estaba echado a sus pies. El perro grande lo miraba continuamente. De vez en cuando movía la cola, con la que golpeaba rítmicamente la tierra seca.

Dogboy hablaba.

Hablaba en voz alta con sus perros.

Acostumbraba hacerlo cuando nadie podía oírlo.

Una vez más les contaba del día en que se escapó de su casa. El día en que no soportó esperar más.

—Estaba harto —les dijo, y se inclinó hacia delante para acariciar al perro más grande, detrás de las orejas—. No podía esperar más. La tía estaba haciendo la comida y no se dio ni cuenta de que yo entré a su dormitorio y abrí los cajones de la cómoda. Busqué hasta que encontré lo que buscaba. Las fotografías. Encontré las dos que había de mi madre y la única que existía de mi padre, una foto de pasaporte. Me guardé las tres fotografías debajo del suéter y me fui al patio. ¿Saben lo que hice entonces? A ver si pueden adivinar. Sí, ya sé que saben porque se los he contado antes. Hice un fuego y quemé las dos fotografías de mi madre y la pequeña de mi padre. Lloré haciéndolo, pero ya estaba cansado, no podía esperarlos más. A pesar de que lloraba me sentía bien quemándolas. Vi sus rostros desaparecer y volverse negros y finalmente convertirse en un poco de ceniza que caía en el fuego. Ya no existen más, pensé. Soy libre ahora. Quemé también mis certificados de la escuela y mi partida de nacimiento. Cuando el fuego se apagó, me levanté y entré a la casa de la tía. Es una casita pintada de verde que está en el Pedregal, cerca del aeropuerto. Salí a la calle, caminé lentamente y luego empecé a correr. Recuerdo que de repente me sentí enormemente feliz. Ahora empezaría una nueva vida. Iba a ser un niño de la calle. Y nunca más pensaría ni en mi madre ni en mi padre.

Querida mamá

El niño que luego viviría con los perros nació en una pequeña ciudad cerca del mar.

Su madre ya había tenido varios hijos antes, pero el parto tomó mucho tiempo.

Cuando la partera levantó a un pequeño niño rojo y gritón dijo:

—Es un varón. Es lindo, aunque...

Luego guardó silencio.

La madre miró al recién nacido con ojos inquietos. Gritaba como tenía que gritar y a la primera mirada parecía un niño como todos los que había tenido antes, tenía dedos en las manos y en los pies y una naricita simpática, pero luego la madre vio...

Las orejas. Las orejas estaban mal.

El niño tenía pelo largo y negro en las orejas. El niño recién nacido tenía las orejas peludas. Pelo negro en las orejas.

—Tiene orejas de perro —susurró la madre con la voz espantada.

—No, no tiene orejas de perro —se apresuró a decir la partera—. Tener orejas peludas no es nada raro en los recién nacidos. He visto otros niños que también nacieron con matas de pelo en las orejas. Ese pelo largo y negro se les cae después de un tiempo. ¿Te asustó un perro cuando estabas embarazada?

—Sí —murmuró la madre.

—Ahí tienes la explicación.

El niño que con el tiempo iba a ser llamado Dogboy e iba a vivir con los perros, fue bautizado con el nombre de Alex. Los pelos que tenía en las orejas cuando era recién nacido se cayeron a la semana, como la partera había previsto, pero todo el tiempo que vivió en la casa supo que había nacido con orejas de perro. Todos lo sabían y sus hermanos mayores y los niños vecinos se burlaban de él y le gritaban "orejas de perro". No le gustaba que lo llamaran así, pero los perros sí que le gustaban.

Como era el hijo más pequeño, siempre se sentaba en las rodillas de su madre. Ella tenía un regazo generoso y amplio y siempre lo abrazaba cuando lo sentaba sobre ellas. Tenía el pelo negro y brillante y aretes de oro. Su mamá acostumbraba darle de comer con una cucharita. Y cuando él se caía lo levantaba y lo limpiaba y luego lo besaba primero en las mejillas luego en la boca. Y si se golpeaba le soplaba en el lugar en donde le dolía más.

Por lo menos creía que había sido así, cuando lo pensaba, mucho más tarde, ya cuando vivía con los perros. Pero en realidad no se acordaba de su mamá en esos primeros años al lado del mar.

De su papá sí se acordaba. Y de sus hermanos. Y de su perro Blondie. Y se acordaba de las gallinas. Y recordaba que el mar tenía muchos rostros. Algunos días era tranquilo y de un azul brillante; otros días las olas furiosas llegaban a la playa. Recordaba que lo dejaban acompañar a su papá cuando iba a trabajar al puerto. Se quedaba parado en el muelle viéndolo cargar racimos de bananos en los barcos.

Pero ¿por qué no podía recordar a su mamá?

Él tenía cuatro años cuando su mamá los dejó.

¿No debería recordarla? ¿Algunos recuerdos debería tener? No, estaba vacío. Quizá porque era muy doloroso recordar. Fue mejor olvidar el día en que se había ido.

El día en que su mamá desapareció.

No, no era la palabra correcta, no desapareció. El día en que ella abandonó a su familia.

Alex recuerda que su hermano mayor, Hugo, acostumbraba decir que mamá se había ido para Estados Unidos. "Vive allí ahora", decía. Se fue para ganar dinero, pero va a volver. Un día va a volver a buscarnos, porque nos lo prometió. Un día va a entrar por esa puerta para llevarnos a Estados Unidos.

Alex esperaba. Lo primero que hacía al despertarse todas las mañanas era mirar hacia la puerta, pues por allí ella iba a entrar.

Cada tarde iba a la parada de autobuses. Sabía que allí se detenía el autobús de largo recorrido y que de allí se bajaban todos los que habían estado lejos. Miraba a todas las mujeres que se bajaban del autobús grande y plateado. ¿Era esa su madre?

¿O esta otra?

No le contaba a nadie por qué iba allí y esperaba el autobús de la tarde. El único que sabía que él iba a esperar a que su madre se bajara del

autobús era el perro Blondie. Blondie lo acompañaba siempre. Esperaban juntos.

—¿Cómo crees que será? —acostumbraba preguntar a Blondie—. ¿Será alta, o será gorda como la mujer del vecino? ¿O se parecerá a alguna de mis hermanas?

Nunca bajó del autobús una madre desconocida.

Él no dejó de extrañar a su mamá; al contrario, cada día le hacía más falta. Era como una nube que estaba siempre sobre su cabeza. A veces le parecía blanca y suave como el azúcar y otras veces negra y amenazadora.

Empezó la escuela. Un día estaba sentado a la mesa de la cocina haciendo las tareas, estaba en primer año, y escribía el número tres en un renglón del cuaderno cuando un taxi se detuvo en la puerta de la casa y una mujer desconocida salió del auto. Ella se detuvo, sonrió y abrió los brazos y todos los hermanos salieron corriendo hacia ella gritando:

—¡Mamá! ¡Mamá!

Su madre había regresado.

Alex creyó que iba a explotar de alegría, se reía y saltaba alrededor de ella, tocándola. Su mamá estaba ahí. Su querida madre estaba de vuelta. No la podía dejar de mirar. Por fin sabía cómo era. Tenía el pelo largo y castaño atado en una cola de caballo y aretes en las orejas, una pulsera, ropa de muchos colores y sandalias blancas de tacón alto. Se reía mucho y cargaba unas maletas. Se acordaba de su nombre, porque dijo:

—Alex, mi pequeño Alex, ¡qué grande que estás!

Su mamá hacía todo lo que él había pensado que ella haría cuando regresase. Lo abrazaba y lo besaba y le revolvía el pelo. Abrió las maletas y sacó los regalos. Tenía regalos para todos. Para él había una camiseta de Batman y un auto de juguete.

Jugó con el auto y seguía a su madre por todas partes. Si iba para el cuarto o salía para el patio o a donde un vecino, él la seguía. Nunca estaba a más de un metro de distancia de ella.

Después de un tiempo entendió que su mamá no había pensado en quedarse. Había venido para vender una tierra que tenía y para buscar a sus hijos. Se irían con ella a Estados Unidos. Alex entendió que era otro país. Él vivía en un país que se llamaba Honduras, sabía eso. Y había aprendido en la escuela que estaba en América Central. Su mamá los llevaría a un país más grande que se

llamaba Estados Unidos y que quedaba hacia el norte. Vivía allí en una ciudad que se llamaba Los Ángeles. Allí vivirían.

Su madre se llevó a todos los niños cuando se fue.

Pero a él no. Alex cree que él tendría unos seis años cuando eso tan terrible aconteció, ese hecho que quedó en él como una herida abierta llena de pus. Durante el resto de su vida oiría las palabras de su madre dentro de su cabeza:

—Tú no puedes venir con nosotros.

Lloró y gritó y se agarró de su vestido, pero su mamá, su querida madre, se fue con sus cuatro hermanos. No importó cuánto gritó y lloró, no lo llevaron.

¿Dónde está papá?

La ciudad de Tela quedaba en la costa del ruidoso Atlántico. Desde la pequeña casa de tablas en donde Alex vivía con su papá no podía ver el mar, pero podía oírlo a veces. Le tenía un poco de miedo al mar, se bañaba en el río San Juan.

Ahora eran nada más él y su papá. Y el perro Blondie. Comía muchos bananos. Había una plantación de bananos en la cercanía y era lo más barato que había. Se cansó de los bananos.

A veces, cuando su padre no trabajaba, pedían prestado un bote e iban al mar a pescar. Una vez llenaron un balde con pescados en pocos minutos. Alex puso un nuevo anzuelo y lanzó el hilo. Se acordaría toda la vida de este momento como el más feliz de su infancia, además de cuando su mamá regresó. Tiró el hilo y sintió el tirón enseguida. Le corría la excitación por todo el cuerpo, sentía que era un pez grande el que había mordido el anzuelo, sintió cómo luchaba debajo de la oscura superficie, nadando para un lado y para el otro.

—Ahora puedes recoger el hilo —dijo su padre—, pero con cuidado para que el pez no se escape.

El pez invisible se resistía cuando él empezó a recoger el hilo. Miró a su padre, que le sonreía para darle ánimos y le decía:

—Anda despacio, lo vas a sacar.

Recogió el hilo, de a poco, que le cortaba las manos, pero no dejaba de tirar. El pez luchaba como un salvaje en el agua. Todavía no lo veía pero se sentía pesado y grande. Se apoyó en los pies firmemente y con el hilo alrededor de la mano seguía recogiendo, de a poco, centímetro a centímetro, sintiendo todo el tiempo el tamaño del pez; debía de ser enorme. De pronto, el agua explotó en una nube que lo salpicó todo y allí estaba un inmenso pez brillante de color plateado. Se cayó para atrás en el bote.

El gran pescado plateado cayó encima de él.

—¡Fantástico! Es un dorado —dijo su padre—. ¡Qué buen pescador eres! Has pescado un dorado inmenso.

El pescado era tan grande que les dio de comer toda una semana. Dorado frito era lo más rico que Alex había comido.

Peleaba mucho en la escuela. A Alex le gustaba pelear. De repente un día su padre lo dejó en la casa de un tío en el norte del país. No iba a ir más a la escuela, iba a trabajar. El tío manejaba autobuses. Alex los lavaba, cargaba el equipaje y gritaba en la estación de autobuses: "¡A la frontera con Guatemala! ¡A la frontera con Guatemala!".

Un día el tío se accidentó con el autobús y murió. Era triste, pero lo bueno fue que su padre vino a buscarlo y volvió a su casa. El perro Blondie estaba contento de verlo de nuevo.

—Vamos a mudarnos —dijo el papá un día cuando volvió del puerto con un racimo de bananos cargado al hombro—. Nos vamos a mudar a la casa de tu tía, en Tegucigalpa.

—¿Dónde es?

—Es la capital de Honduras, te gustará.

Blondie no los acompañó. Cuando Alex le preguntó a su padre por el perro le dijo que se lo había dado a un vecino.

Se mudaron a la casa de la tía Ana Lucía. Tenía muchos niños. Alex empezó la escuela. Cuando estaba en tercer año, se despertó un día y vio que la cama de su padre estaba vacía.

—¿Dónde está papá? —le preguntó a la tía.

—Se ha ido.

—¿Adónde?

—A los Estados Unidos. Va a tratar de entrar sin papeles y a encontrar un trabajo. Cuando lo consiga va a mandar dinero.

—¿Se ha ido con mi mamá?

—No, ella tiene otro marido ahora.

Ni su madre ni su padre mandaron noticias.

Alex estaba cada vez más callado, por las noches lloraba.

¿Ha llamado alguien?

Un día cuando Alex estaba solo en la casa entró al cuarto de la tía, en donde ella dormía con sus hijas. No había nada dentro que él quisiera ver, pero al lado de una de las camas estaba el único espejo grande de la casa.

Se veía de cuerpo entero.

Quería ver con sus propios ojos qué era lo que estaba mal en él. Quería entender por qué su padre y su madre lo habían abandonado. Por qué él no valía nada.

Estaba claro que había algo mal en él.

Su madre se había llevado a sus hermanos, pero a él lo había dejado. Quería saber por qué. ¿Porque era feo? ¿O era tonto? ¿O había hecho alguna travesura? Pero por más que pensaba no podía recordar que hubiera hecho algo malo o hubiera sido más travieso que sus hermanos.

Miró al muchacho del espejo. No veía nada extraño en él, era como un niño cualquiera. Vio el pelo negro y enredado, los ojos oscuros, la boca que se quería reír pero que ahora estaba muy seria, con las comisuras de los labios para abajo.

Tenía una vaga memoria de sus hermanos quienes acostumbraban llamarlo "Orejas de perro", hace como cien años, cuando vivían al lado del mar. Se levantó el pelo y se miró las orejas. No tenía orejas de perro, quizás eran un poco salientes, pero normales.

Oyó que la puerta que daba a la calle se abrió y salió en silencio del dormitorio.

La vida en la casa de la tía era una constante espera.

¿Vendrían pronto? Miraba para la calle varias veces por día, esperando que su madre se bajara de un taxi y que su papá también volviera. Sabía que su madre había encontrado un marido nuevo en Los Ángeles, en ese país que se llamaba

Estados Unidos. Su padre había dicho que iba a tratar de ir a otra parte de Estados Unidos. Trataría de ir a Houston, le había dicho a la tía. Pero de todas maneras, Alex pensaba que vendrían a buscarlo juntos. Tenía en la cabeza una película que pasaba varias veces cada día. Un taxi que se detiene afuera de la casa, de él se bajan su padre y su madre, contentos de verlo, lo abrazan y dicen que lo han echado de menos. Le traen regalos. Su mamá le trae ropa y su papá le trae un balón y zapatos para jugar al fútbol. Se lo llevan. Van al aeropuerto y se suben a un avión. Allí acostumbraba terminar la película. No se podía imaginar la vida juntos, lejos, en Estados Unidos.

La tía lo mandaba a la escuela. Estaba en tercer año. La maestra lo quería mucho y decía que era muy inteligente. La tía no era mala, no le pegaba, pero de todas maneras él se mantenía a distancia. No se sentía a gusto en esa familia tan grande. El esposo de su tía, su tío, trabajaba en un taller y volvía todas las noches y se sentaba a comer con su mujer y todos sus hijos. Les hablaba y reían juntos. Intentaba integrar a Alex a la conversación, pero Alex casi siempre estaba callado. Se sentaba en una esquina, comía rápidamente y era el primero en levantarse de la mesa.

Porque esta no era su familia.

Él no quería que esta fuera su familia. Él tenía una familia propia. Era con ellos con quienes quería estar.

Cada vez que se sentaban a comer pensaba: tienen que venir a buscarme, ahora tienen que venir.

El hijo más pequeño de la tía, Martín, era un año más joven que Alex. Alex sentía un odio profundo por Martín. No quería ir con él a la escuela y trataba siempre de empujarlo o de patearle las piernas cuando jugaban al fútbol. Un día rompió el juguete más bonito de Martín, un carro de bomberos.

Cada día que Alex volvía de la escuela preguntaba esperanzado:

—¿Ha llamado alguien?

Nunca llamaba nadie, nadie que preguntara por él.

Alex no quería estar en la casa de su tía y trataba de estar lo más posible afuera. Empezó a ir al mercado cerca de la casa, allí vendían frutas y verduras. A veces lo dejaban ayudar, llevaba basura en una carretilla pesada, pelaba cebollas, apilaba naranjas. A veces le pagaban dándole algo de comer, a veces algo de dinero. Cada vez que le daban dinero compraba golosinas o jugaba a las maquinitas. No le contaba nunca a la tía que le habían dado dinero, no pensaba compartir con ella su plata.

Pero cada vez que volvía a la casa de la tía preguntaba:

—¿Ha llamado alguien?

Un día no aguantó esperar más. Una gran rabia había salido a la superficie, se la quería agarrar con alguien. Quería romper algo, quería ver fuego. ¿Y si le prendía fuego a la casa? Su tía estaba de espaldas a la estufa y revolvía una gran olla con frijoles. Entró al dormitorio de ella y enojado abrió un cajón en donde guardaba fotografías. Buscó allí las que quería encontrar. Eran las dos fotos de su madre. Las habían tomado cuando su madre regresó; en una foto estaba ella sola, frente a una mata de flores, de hibiscos rojos.

En la otra estaba rodeada de todos sus hijos. Él estaba adelante de todos. Había tenido esas fotos en la mano tantas veces que ahora estaban gastadas y un poco sucias. También encontró la foto de pasaporte de su padre. Ni siquiera lo miró. En otro cajón encontró su partida de nacimiento y sus certificados de la escuela.

La tía estaba todavía en la cocina, dándole la espalda. Se llevó una caja de cerillas y se fue al patio. En un rincón encontró unos papeles de periódico con los que hizo una bola. Arriba puso ramitas secas y pasto, tenía suficiente para hacer una fogata. Las llamas tenían mucha fuerza.

Prendió otra cerilla. Primero quemó las fotos de su madre, luego la pequeña foto de su padre, al final quemó su partida de nacimiento y sus notas de la escuela.

Lloraba.

Cuando no había nada más que un pequeño montón de cenizas se enderezó y se fue.

—Adiós —gritó, dirigiéndose a nadie en particular y empezó a correr calle abajo, alejándose de la casa verde de su tía. Mientras corría sintió una gran alegría, una alegría desenfrenada y salvaje. Se distanciaba de la casa verde. Iba a empezar una vida nueva. Cuando dio vuelta a la esquina y tomó el camino que lo llevaría al centro se dio vuelta y gritó:

—¡Y no volveré más!

Una buena vida

"**A**hora comienza la vida", pensó Alex.

Su amigo el Rata, que vivía en la calle, se lo había sugerido. Era el primer niño de la calle con el que había hablado. Se habían encontrado en el mercado: el Rata, un muchacho delgado y lleno de cicatrices, se le acercó:

—Me pareces conocido. ¿No vives en Pedregal?

—Sí —respondió expectante.

Tuvo miedo al principio porque había oído que los niños de la calle eran peligrosos y podían de pronto sacar un cuchillo y acuchillarlo a uno.

—Yo también vivía en Pedregal —dijo el Rata—. Crecí allí, en la casa de mi abuela. Pero me fui. Me fui a vivir a la calle. Es bonito vivir en la calle. Uno no necesita trabajar, alcanza con pedir limosna. Todos dan dinero, es fácil. Pero lo mejor de todo es que nadie lo manda a uno. Nadie molesta. Nadie dice: "Ahora tienes que ir a la escuela". Nadie dice que hay que lavarse los dientes. Nadie dice ahora es hora de acostarse.

—Es una buena vida —dijo el Rata antes de irse y desaparecer entre toda la multitud del mercado.

Para allí Alex se iba ahora. A vivir la buena vida en la calle. Estaba excitado y contento. Como no tenía dinero para el autobús, fue caminando hasta el centro de la ciudad. Caminaba con pasos largos, moviendo los brazos; silbaba.

Fue una larga caminata.

Cuando por fin llegó a uno de los puentes que atraviesan el río Choluteca supo que había llegado a su destino; estaba en el centro ahora, allí iba a vivir su nueva vida.

Pero la larga caminata lo había cansado mucho, la camisa estaba pegada en la espalda, le dolían los pies y tenía mucha sed. También tenía hambre y se arrepentía de no haber comido nada en casa de la tía antes de salir para empezar su vida de niño de la calle.

La sed era lo peor. La boca estaba tan seca que tenía dificultades para tragar saliva. Se preguntó: "¿Dónde toman agua los niños de la calle? ¿Dónde está el agua?". En casa de la tía bastaba con abrir un chorro. Sí, el río, por supuesto. Se detuvo en la mitad del puente, se apoyó en la baranda y miró para abajo, para el río Choluteca.

Agua marrón, olor pegajoso, basura maloliente en las orillas. Su mirada se detuvo en el cadáver hinchado de un perro que flotaba lentamente debajo de él. El mal olor y el perro muerto lo hicieron irse rápidamente. Se dio cuenta de que lo mejor era no beber el agua del río, pero ¿cómo apagaría su sed? ¿Había chorros en las calles? ¿Cómo hacían los niños que vivían en la calle?

No veía ningún chorro.

Alex entró en la enorme aglomeración que constituía el centro de la ciudad. Autos haciendo sonar la bocina, amontonamiento en las aceras, vendedores gritando lo que vendían; todo lo inquietaba y lo confundía. La sensación de confianza estaba abandonándolo. La angustia lo envolvió como un pulpo de brazos largos. ¿Cómo se las iba a arreglar?

Afuera de un restaurante vio a unos niños sentados con la espalda recostada a la pared; de que eran niños de la calle no había duda. Se veía en la ropa que les quedaba demasiado grande y en las bolsitas con pegamento que rítmicamente se llevaban a la boca y a la nariz. Cuando vio que el Rata no estaba entre ellos caminó para el otro lado de la acera. Estos niños lo asustaban, sin embargo, sabía que tenía que hacer contacto con ellos. De alguna manera se convertiría en uno de ellos.

Una buena vida, había dicho el Rata. Es fácil pedir limosna, todos dan, le había dicho.

Pero ¿cómo se hacía para pedir?

Llegó al Parque Central y vio las altas torres de la catedral gris. En la escalera de la iglesia vio unos mendigos acurrucados, no eran niños, sino ancianos, con ropas andrajosas y sin zapatos. Los miró un rato. Ninguno de ellos decía nada, pero extendían la mano como una garra hacia todos los que subían por los escalones que llevaban a la iglesia. Alex vio que eso funcionaba: de vez en cuando a alguno de los ancianos le daban una moneda.

El hambre y la sed lo animaron.

Subió por los escalones y se sentó en uno de ellos, un poco alejado de los viejos mendigos; él también extendió su mano derecha hacia todos

los que venían. Los ancianos lo miraban fijo, sin simpatía, pero nadie dijo nada.

Ni una sola persona de las que entraba a la iglesia le puso una moneda en su mano extendida.

De todas maneras se quedó allí sentado, extendiendo la mano.

Debajo de la escalinata, donde estaba, crecían árboles gigantescos. Allí arriba, dentro de las coronas de los árboles, había pájaros; no los veía pero los sentía. Se escondían entre la tupida hojarasca, los oía trinar con tono agudo. Sonaba desagradable y amenazador, y allí en la escalinata de la catedral desapareció el último resto de la sensación de aventura. Lo que le quedaba: el hambre, la sed y una gris y pesada tristeza.

Por último, Alex se dio por vencido, se levantó y con el paso cansino descendió los escalones y empezó a moverse entre la gente de la plaza. Sabía que tenía que hacer algo. A la casa de la tía no iba a volver jamás. Por eso tenía que aprender a pedir.

Tenía que empezar ahora.

Pero no se animaba aquí, entre tanta gente.

Caminar por ahí era una tortura, todo lo que se vendía en la plaza era para comer. Un vendedor de helados iba con su carrito, tocando una campanita para atraer a los compradores. Para no verlo, Alex miró para otro lado. Su mirada se detuvo en un puesto donde vendían fresas rojas. Había comido fresas solo una vez en su vida. No iba a olvidar jamás el gusto dulce de las fresas. ¿Comería fresas de nuevo? Sin fuerza siguió caminando. Por todas partes cosas para comer. Golosinas. Papitas. Tabletas de chocolate. Refrescos fríos. Algunas mujeres vendían tortillas de trigo rellenas de frijoles, muchos habían comprado y estaban sentados en el muro, a la sombra de los árboles, y comían tortillas y bebían refrescos en latas frías.

Alex apartó la mirada para no ver.

Pero lo peor era el olor. Cinco mujeres vendían cosas para el almuerzo, servían grandes porciones de arroz y carne asada en platos de cartón. La carne olía tan bien que quería llorar y trató de no acordarse de las exquisitas tortillas de su tía y de su carne asada.

No, tenía que sobreponerse.

Tenía que empezar a pedir.

¡AHORA MISMO!

Como no soportaba los tentadores olores de la comida que se vendía en la plaza, se fue de allí, a una calle con mucho movimiento de vehículos. Pero era peor. Allí estaba MacDonald's. Afuera, en la acera, vendían helados. El olor dulce a helado de vainilla lo hizo detenerse a olerlo mejor.

El aroma que le entraba por la nariz le llenó todo el cuerpo de nostalgia. Una vez había estado allí con su tía y todos sus primos. 5 lempiras costaba un barquillo con helado de vainilla, 6 lempiras costaba un barquillo con helado de vainilla y chocolate. Se detuvo como paralizado recordando el sabor de su helado preferido, mitad de chocolate y mitad de vainilla, y recordó cómo se sentía el pasar la lengua sobre el helado frío y delicioso. La cola para comprar era larga y el olor a vainilla lo hizo quedarse. Probablemente fue el aroma de la vainilla que lo hizo valiente, porque de pronto se adelantó y se puso a la cabeza de la cola, mirando a todos los que pagaban y se iban con un helado en la mano. Los miraba a cada uno con mirada suplicante, inclinando la cabeza. Los que compraban debían darse cuenta de que allí había un niño de la calle, terriblemente hambriento, que más que nada en la vida quería un helado de vainilla y chocolate.

Uno tras otro pagaban, recibían su barquillo envuelto en una servilleta blanca y se iban. Nadie parecía darse cuenta del hambre que Alex tenía.

La gente no lo miraba.

Era como si fuera invisible.

El hambre lo obligó a cambiar de táctica.

Ahora iba a extender la mano justo en el momento en que un cliente recibía su helado.

Estaba claro que eso alcanzaría para hacerles ver que tenía tanta hambre y le darían el helado.

En ese momento vio a dos muchachos que con paso decidido venían hacia él. Dos chicos grandes, con las caras sucias y pantalones que se arrastraban por la tierra. Tenían suéteres grandes y rotos y bolsitas con pegamento en la mano. Fueron directamente a él.

—Vete a casa de tu madre —le gritaron con voces roncas.

Se fue corriendo.

Era fácil pedir, todos dan, había dicho el Rata. Pero ¿cómo se hacía? Quizás lo veían demasiado limpio. Se miró en el espejo de un escaparate y pensó que ahora entendía. No parecía un niño de la calle. Se había puesto sus pantalones vaqueros limpios por la mañana y una camisa azul y sus zapatos de tenis Adidas. No hacía mucho le habían cortado el pelo.

Ese era el problema.

No parecía un niño de la calle.

Dio vueltas sin meta alguna. No se acordaba ya de la gran alegría de la mañana. Lentamente se

metió por una calle peatonal en donde los vendedores que vendían discos compactos trataban de
ensordecerse con la música. Salsa, rock pesado
y rap se mezclaban en gran algarabía. Dio vuelta y llegó a una pequeña plaza rodeada de casetas
azules y verdes. Todas esas casillas eran restaurantes. Los comensales se sentaban en bancos afuera y
comían. Alex vio que tres personas se levantaban
y se iban, dejando tres botellas de Pepsi a medio
beber en el mostrador.

Alex apresuró el paso. Se adelantó y bebió
rápidamente de una botella y luego de la otra y
luego de la tercera.

Nadie le gritó. Nadie lo apresó. Se fue rápidamente de allí. Sintió cómo la alegría le volvía.
Iba a salir adelante. Había aprendido el primer tru-
co de supervivencia.

Por primera vez había saciado su sed en la
calle.

En una esquina de la plaza estaba la viejísi-
ma iglesia de Los Dolores, con la fachada pintada
de verde y blanco y pequeñas repisas en donde
cientos de palomas se amontonaban. Delante
de la iglesia había vendedores ofreciendo verduras. Cada uno de ellos tenía una carretilla llena
de las verduras más bonitas que había visto en

su vida. Brócoli. Remolachas. Atados de ajos. Tomates hinchados de sol. Zanahorias gigantescas. Berenjenas negras y brillantes. Chiles rojos, verdes y amarillos. De tanto en tanto, los vendedores echaban agua encima de las verduras, para que brillaran aún más.

Alex pasó al lado de las carretillas de los verduleros. Iba muy derecho mirando para todos lados. Entonces los vio. Dos verduleros estaban parados hablando entre sí. Rápidamente se agachó y arrancó una zanahoria de un manojo y salió corriendo.

Corría como si lo persiguiera el diablo.

Corrió por el medio de una bandada de palomas que comían en la plaza, afuera de la iglesia; toda la bandada salió volando.

—Disculpen, no era mi intención —murmuró mientras seguía corriendo, como nunca había corrido antes. Se metió la zanahoria dentro de la camisa azul. Solo cuando había pasado de largo la iglesia y una calle con mucho tránsito, se animó a detenerse y a mirar para atrás. Ningún verdulero enojado lo perseguía y no se veía a ningún policía con el arma en la mano.

Se detuvo, respiró aliviado, se metió la zanahoria en la boca y empezó a comerla.

La cámara frigorífica

La Pepsi y la zanahoria le devolvieron el buen humor. Iba a salir adelante. Todo se iba a resolver.

Pasó su primera noche en la calle en una acera, apelotonado, para evitar el frío. Dos veces lo despertaron las pesadillas. Una cuando su mamá se fue con sus cuatro hermanos. Se despertó con las palabras "Tú no puedes venir con nosotros" resonándole dentro de la cabeza. El corazón le saltaba y tenía dificultades para respirar. La otra vez se despertó oyendo a su padre decirle a su tía que se iba a ir a Estados Unidos. "Pero el chico no puede acompañarme. No se puede entrar en Estados Unidos con un niño tan feo".

Se despertó temprano, congelado y hambriento. Pero de todas maneras estaba contento. Había dejado la vida triste y sin esperanzas detrás de sí, aunque lo acosara en los sueños. Se levantó y empezó a correr para calentarse. Después de un rato sus dientes dejaron de castañetear y pudo caminar con paso normal.

"Hoy voy a aprender cómo conseguir comida", pensó.

Cuando haya aprendido voy a buscar al Rata.

El día en que iba a aprender a conseguir comida fue largo. Caminaba sin rumbo. Horas y horas. Vio que había llegado a la parte elegante de la ciudad. Pensó que el día anterior había bebido tres Pepsis y comido una zanahoria. Hoy necesitaba más comida. Pensó en el dorado que había pescado y del que su papá y él habían comido una semana entera. Pensó en el pollo asado de la tía. Y pensó en golosinas. Pensó en pasteles. Solo pensaba en comida. Para el que tiene hambre no existen otros pensamientos.

Pero ¿cómo iba a conseguir comer? ¿Intentaría pedir de nuevo? ¿O seguiría robando? Entonces recordó algo que su tío había dicho: "En este país hay gente tan rica que no come todo cuando van al restaurante. Van a lugares finos, piden los platos más caros, pero dejan la mitad en el plato, tan ricos son".

Se preguntó si sería verdad.

Los pies le dolían, encerrados dentro de los Adidas. Ardía de sed y trataba de no pensar en comida, pero era imposible. Se paró afuera de un restaurante y miraba con hambre para dentro, por las ventanas. Vio mesas con manteles blancos y gente bien vestida comiendo. Una pareja se levantó y se dirigió hacia la puerta y vio que era exacto lo que su tío había dicho. En la mesa estaban todavía sus platos con comida, copas medio llenas de un líquido rojo.

Vio su oportunidad.

Cuando la pareja salió, él corrió para dentro. Se apuró a llegar hasta la mesa, se tomó lo que había en una de las copas, tenía mal gusto, probablemente era vino, algo de lo que él había oído hablar pero que no había probado nunca. Estiró la mano a uno de los platos y tomó un trozo de carne y se lo metió en la boca. Masticaba lo más rápido que podía, pero aun así pudo notar que la carne tenía muy buen sabor, se derretía en la boca. Iba en camino de tomar otro trozo cuando sintió un brazo alrededor del cuello y lo tiraron al suelo.

Lleno de pánico miró un rostro con un bigote negro y de expresión enojada. Vio que el hombre de bigote negro que se inclinaba sobre él estaba vestido con uniforme y que de su cinturón colgaban una pistola y un garrote.

El hombre lo miró fijamente un instante, antes de patearlo. Alex gritó y trató de escaparse, pero el hombre del uniforme fue más rápido, lo tomó por los pies y lo arrastró por todo el restaurante. Alex vio que los demás clientes lo miraban, pero nadie dijo nada. También se dio cuenta de que el guardia abría una puerta de una patada y cuando estaban dentro el guardia lo puso de pie.

Alex vio que estaban en la cocina del restaurante. El personal vestido de blanco estaba inmóvil, mirándolo fijamente.

—Trató de comer de un plato que había quedado en una mesa —dijo el hombre con uniforme—. ¿Le doy una paliza?

La pregunta parecía dirigida a un hombre que no estaba vestido con ropas blancas sino con un traje y corbata y zapatos brillantes.

—No —dijo el hombre—, no alcanza con eso. Enciérralo en la cámara frigorífica.

¿Cámara frigorífica? ¿Qué era eso? Refrigerador sabía lo que era, su tía tenía uno y un vecino tenía un pequeño congelador, pero de una cámara frigorífica no había oído hablar nunca. ¿Y cómo podía ser peor que una paliza?

El hombre uniformado abrió una puerta de acero.

El frío lo asaltó, pudo ver cajones con pollos congelados y que de ganchos en el techo colgaban jamones, pedazos de carne y chorizos.

—Veinte grados bajo cero; que te aproveche —dijo el guardia riendo. Fue lo último que Alex oyó antes de que lo echaran dentro de la cámara frigorífica. Se cayó de rodillas y se apoyó en las manos, mientras la puerta se cerraba con un ruido sordo. Todo quedó oscuro porque allí dentro no había luz alguna.

Las manos se le pegaron al piso congelado y las tuvo que arrancar de allí. El frío lo paralizaba. Alex que había vivido toda la vida en un país tropical no sabía que existía un frío de ese tipo.

El pánico lo hizo levantarse, sus gritos angustiados rebotaban en el oscuro y frío cuarto.

Golpeó la puerta de acero.

Le dio patadas.

Gritó más alto.

El frío terrible le mordía las mejillas y las manos. Tenía tanto frío que temblaba. Aún en medio del pánico, todavía tenía hambre; tanteó en la oscuridad y sintió que tocaba algo. Eran chorizos congelados. Sacó uno de ellos del gancho y se lo metió en la boca. Pero estaba muy duro y tan frío que se quemó la lengua, se lo sacó de la boca y se lo metió en el bolsillo. Tomó otro y se lo puso en el otro bolsillo.

Meterse un chorizo congelado en el bolsillo era un acto optimista, un acto de mirada al futuro.

¿Pero hay algún futuro para alguien encerrado en un frigorífico? Recordó una expresión que había oído una vez: "La sala de espera de la muerte". Esto debía ser la sala de espera de la muerte.

Temblaba de frío. Golpeó de nuevo la puerta. Tenía tanto miedo que ya no gritaba.

Golpeaba y golpeaba.

Pero nadie abrió.

Alex se desmoronó sobre el piso congelado. Trató de gritar pero ya no tenía fuerzas. Una niebla oscura se lo llevaba para atrás, para abajo, lejos, ya no se resistía. Antes de perder el conocimiento se preguntó si su tía sabría que se había muerto en una cámara frigorífica. Y si se moría aquí, ¿quién se haría cargo del entierro? ¿Lo enterrarían? Y su madre y su padre, ¿se enterarían de cómo había muerto su hijo menor?

Burger King Blues

La puerta de acero se abrió y el guardia uniformado que había encerrado al niño en la cámara frigorífica vio que estaba tirado en el piso, hecho un nudo, cerca de la puerta. Tenía los ojos cerrados y el rostro pálido como el de un muerto. No sirvió de nada que le gritara "¡Desaparece ahora!", y le dio una patada liviana en el estómago; el muchacho estaba inmóvil en el piso de cemento. Por un instante el guardia tuvo miedo de lo que había hecho. Entonces vio que el cuerpo del muchacho temblaba de frío y se tranquilizó: el chiquillo vivía. Lo levantó en los brazos y lo llevó a través de la cocina. Uno de los cocineros abrió la puerta y el guardia lo dejó en un patio trasero, con la espalda contra una lata de basura.

Alex oyó cómo la puerta se cerraba detrás de él.

Abrió los ojos y no supo dónde estaba, pero ya no estaba en la cámara frigorífica. Que estaba en el exterior era claro. ¿Estaba muerto? No, en el cielo no estaba, porque cuando miró alrededor se dio cuenta de que estaba sentado apoyado en una lata de basura maloliente. En el cielo no había latas de basura. No, él había sobrevivido y estaba en algún patio trasero. Encima de él vio el cielo azul. "¿Habría cielo en el cielo?". No lo había pensado antes. Pero estaba convencido de que estaba todavía en la tierra y había sobrevivido a la cámara frigorífica.

Debería estar enormemente alegre, pero no sentía nada. Los dientes le castañeteaban y las manos se sentían como pedazos de carne congelada, no podía moverlas. Pero la luz del sol le caía sobre el cuerpo y de pronto le empezaron a doler las manos y los pies y no pudo evitar llorar de dolor y por todo lo que le había pasado. Entonces recordó los chorizos. Se metió una mano dolorida en el bolsillo, pero los chorizos estaban todavía duros y congelados.

Cuando por último se pudo enderezar y levantarse, empezó a caminar en dirección al centro pobre y gastado de la ciudad, allí era su casa. Pensaba en una sola cosa: "Chorizo. Cuando los chorizos se descongelen me los comeré".

Se sentó en un banco verde en el pequeño parque de La Merced. La barriga le dolía por el hambre, pero los chorizos seguían helados. Los puso al lado de él, en el banco, al sol. Después de una larga y hambrienta espera, los chorizos se habían calentado suficiente como para que pudiera comer el primer bocado.

Se rio. "Mmm". Nunca había comido algo tan rico. Trató de masticar lentamente para hacer durar los dos chorizos lo más posible. Justo cuando se metía el último trozo de chorizo en la boca oyó una voz que decía:

—¿Qué estás comiendo?

Era el Rata. El muchacho que le había dado la idea de irse a vivir a la calle. Allí estaba, frente a él, flaco y desnutrido, con la cara llena de cicatrices y unas botas que le quedaban grandes.

—Chorizo —dijo Alex con cierto orgullo—. Los robé de una cámara frigorífica. Me encerraron ahí, pero yo me llevé unos chorizos cuando me soltaron.

—¿Te metiste en un restaurante?

—Sí, en algún lugar en la parte fina de la ciudad, no sé cómo se llama pero había bancos allí.

—Tú estás loco. ¿No sabes que todos los restaurantes tienen guardias armados? Si uno pasa al lado de ellos y pide dentro de los restaurantes o come comida de los platos, te va mal. Te pueden pegar o matarte. Entiende, eso no se hace. Ningún niño de la calle se atreve a hacer eso más. ¿Te vas a tu casa a Pedregal ahora?

Alex sacudió enérgicamente la cabeza.

—No, no, no. Vivo en la calle ahora.

Ese día Alex recibió su primera lección en el arte de sobrevivir en la calle.

—Primero, hay que parecer un niño de la calle —dijo el Rata. Alex estaba todavía bien vestido, pero los pantalones se habían engrasado con los chorizos y después de su primera noche en la calle empezaba a tener la cara sucia.

—Pero de eso no tienes que preocuparte —dijo el Rata—. Se va a resolver. En tres días vas a parecer uno de nosotros.

—Y otra cosa, no entres nunca a un restaurante.

Afuera de Burger King había ya tres muchachos. Estaban sentados con la espalda recostada en la pared y las miradas dirigidas hacia la puerta. Todos parecían un poco mayores que Alex. Nadie dijo su nombre, lo miraban con desconfianza, pero el Rata dijo:

—Este es Alex, un amigo. Es nuevo.

Los otros tenían frascos de comida para bebés llenos de pegamento. Tenían los frascos dentro de los suéteres grandes o en los grandes bolsillos afuera de los pantalones. Con frecuencia los sacaban, abrían la tapa y aspiraban las emanaciones del pegamento. Todos le ofrecían a Alex los frascos, pero él decía que no, no le gustaba el olor áspero.

Intentó imitar todo lo demás que el Rata y su pandilla hacían. Se paraban de tanto en tanto y miraban a través del vidrio de la ventana de Burger King. Cuando lograban captar la mirada de alguien arrugaban la cara y trataban de parecer hambrientos y sufrientes. De vez en cuando hacían un gesto y se señalaban la boca para mostrar que querían algo para comer. Cada vez que Alex se paraba veía un póster de una whopper gigante dentro del restaurante y pensaba que en dos días no había comido otra cosa que una zanahoria, un pedacito de carne y dos chorizos. El hambre aumentaba.

Los chicos lo entretenían contando historias de cómo gente que al salir del Burger King les había dado la mitad de una whopper y una bolsa entera de papas fritas.

—El año pasado vino un gordito y dijo: "¿Te compro algo? ¿Qué quieres?".

Alex escuchaba todo ávidamente. Qué historias fantásticas. Pronto saldría alguien y le preguntaría qué quería.

Él diría que quería una whopper doble con queso y la porción más grande de papas fritas. Y una Pepsi grande.

Cada vez que la puerta del restaurante se abría y alguien salía, se sentía el olor a hamburguesas y papas fritas, y los cinco niños miraban expectantes a todos los que salían.

Como en casi todos los restaurantes, había también un guardia armado. Este tenía una pistola y un cinturón con balas y un garrote que le colgaba del cinturón. Pero el guardia estaba por la parte de adentro y no trataba de ahuyentarlos de la puerta. Cuando vieron que desapareció por un minuto, golpearon la ventana para atraer la atención de los parroquianos. Pero nadie salió y les dio algo para comer.

En la tarde no les habían dado otra cosa que una Pepsi para compartir y unas pocas monedas.

Alex pensó en las palabras del Rata sobre una buena vida; le iba a decir algo cuando un hombre se detuvo al lado. Un hombre alto, mayor, con el pelo veteado de gris. Tan pronto como abrió la boca se dieron cuenta de que el hombre era un extranjero, un gringo, hablaba castellano pero el acento era extraño.

—Pero chicos, no tienen que estar sentados aquí. ¿Les gusta la comida de Burger King?

Los cinco asintieron enérgicamente. La suerte se había dado vuelta. Este hombre iba a entrar y a comprar lo que querían. Antes de que Alex tuviera oportunidad de decir que quería una whopper doble con papas fritas, el extranjero dijo:

—Burger King vende solo comida chatarra. No comería jamás allí. Yo tengo una casa afuera de la ciudad y una buena cocinera. Pueden venir conmigo y los invito a comer mejor. ¿Vienen?

Paraíso

El hombre los llevó a su auto. El tránsito era todavía intenso cuando condujo a las afueras de la ciudad, pero la oscuridad vino rápidamente. Mientras el auto subía por los caminos serpenteantes de la montaña, afuera de Tegucigalpa, vieron encenderse las luces del centro. La ciudad brillaba y parpadeaba, era como mirar un cielo estrellado. Alex pensó que era muy bonito y le dio un codazo al Rata, diciendo:

—Muy bonito, ¿verdad?

Los cinco niños estaban callados, nunca les había pasado algo como esto. Un extranjero bueno,

un gringo, que vivía en una gran casa afuera de la ciudad y que tenía una cocinera y los iba a invitar a comer. ¿Podía la vida ofrecer algo mejor o más emocionante?

La casa estaba rodeada por un muro alto, era grande y blanca y tenía un jardín tupido y verde. El hombre que dijo llamarse George tomó una cámara fotográfica de la guantera del automóvil y los fotografió uno por uno, luego abrió la pesada puerta e hizo entrar a los niños en la casa, al mismo tiempo que gritaba:

—Lupe, Lupe. Tenemos invitados. Haga algo bueno de comer porque estos chicos tienen mucha hambre.

Luego los llevó dentro de la casa, pasaron por dos cuartos grandes con sofás y sillones y por último a un corredor. Iba abriendo puerta tras puerta diciendo:

—Un cuarto para cada uno.

Alex entró en el suyo. No tenía las paredes de cemento pintadas de color celeste como en la casa de su tía, este cuarto estaba empapelado con flores y había una cama con una colcha a lunares y almohadas haciendo juego, un escritorio con una silla, una mesita redonda y un sillón. En la cama había tres animalitos de peluche.

—¿Te gustan? —preguntó George—. Son tuyos. Puedes dormir con ellos esta noche. Pero primero te vas a dar un baño.

Lo llevó a un gran cuarto de baño. Alex miraba todo con la boca abierta: mosaicos rosados, pileta brillante y, empotrada en la pared, una bañera. Era la primera vez que Alex veía una bañera. En la casa de la tía había una única ducha en el patio en donde todos se bañaban detrás de una cortina. Ahora decía el extranjero que ese cajón era una bañera y que allí se tenía que bañar. El hombre abrió los chorros y llenó la bañera de agua. De un frasco vertió unas gotas verdes que hicieron que el agua se llenase de espuma blanca. Todo el cuarto de baño olía bien.

—Sácate la ropa —dijo George—. Me voy ahora. Ahí tienes tu jabón y tu champú. Y esa toalla verde es para ti.

Alex se desvistió y probó la temperatura del agua. Estaba caliente, deliciosamente caliente. Se metió en la bañera, qué sensación maravillosa, levantó el pie y vio los dedos, saliendo de la blanca espuma. Era la primera vez en su vida que se bañaba con agua caliente. No pudo evitar sonreír. Vio la sonrisa en el espejo arriba de la bañera. Alex disfrutaba. Así quería vivir siempre. "Ojalá que esto no se termine nunca", pensó. Y en ese momento fue como si todo lo anterior dejase de existir, mamá que se fue con sus cuatro hermanos y lo dejó, papá que se fue a Houston sin siquiera despedirse. Ya no existían. Habían desaparecido. Ahora vivía en una gran casa con jardín, se bañaba en una bañera llena de agua caliente y se secó luego con una toalla tan suave que era como secarse con una nube.

Cuando todos los niños se habían bañado con agua caliente fueron al comedor. Allí había una mesa servida con seis platos, y la cocinera, que se llamaba Lupe, entró con pollo asado, ensaladas, arroz y botellas de a litro de Coca-Cola.

Los niños se miraron entre sí.

—El paraíso —dijo el Rata y se rio—. Yo que creía que estaba en el cielo, ahora sé que estaba equivocado, está aquí en la tierra.

Les sirvieron helados de chocolate y rodajas de mango fresco de postre.

George se levantó de la mesa y dijo:

—Quédense sentados. Voy a hacer unas llamadas.

Tan pronto como George dejó el cuarto entró la cocinera Lupe. Era una mujer gorda, todo en ella era abundante y expansivo y amistoso de alguna manera. Pero el rostro estaba serio. Se inclinó y empezó a decirle algo en el oído al Rata, pero justo en ese momento George regresó y la cocinera se enderezó y empezó a levantar la mesa.

El extraño llevó a Alex a su cuarto, abrió la cama y sacó la colcha. Le alborotó el pelo y le dio un rápido abrazo antes de irse del cuarto. Alex durmió rodeado de los animales de peluche. Sonreía todavía cuando se durmió.

Cinco niños vendidos

Alex se despertó descansado, había dormido toda la noche de largo, sin despertarse una sola vez. En el desayuno George dijo que iban a ir al centro, de compras.

—Ustedes necesitan ropa nueva —dijo—. ¿Quieren ropa nueva?

—Sí, claro —respondieron los muchachos a coro.

Alex fue el que habló más durante el desayuno, los demás estaban callados y nerviosos. El extranjero les había sacado las bolsitas con pegamento la noche anterior, y ahora empezaban a sentir la abstinencia. Les era difícil permanecer sentados quietos, movían los pies y golpeaban el mantel blanco con los dedos. Pero la perspectiva de recibir ropa nueva los tranquilizaba un poco.

En medio del abundante desayuno, que se componía de un gran surtido de quesos frescos, plátanos fritos, tocino, frijoles, huevos, pan recién horneado, jugo de naranjas y platos con granola y leche, George se levantó y dijo que tenía que hacer unas llamadas. Tan pronto como se fue entró la cocinera, Lupe, y les habló.

—Se tienen que ir —les dijo—. ¿Entienden? Han venido a la casa de un hombre malo. Se los lleva al extranjero. Escápense cuando los lleve al centro a comprar ropa.

El Rata se rio, con una risa cruda y sorda. Los otros también se rieron. ¿Estaba loca o qué? El Rata, los otros muchachos y Alex la miraban con lástima. ¿De qué hablaba? Por fin tenían una casa, George les había dicho eso. "Esta es su nueva casa", les había dicho anoche. "Me voy a hacer cargo de ustedes". ¿Podía ser mejor?

Se subieron al auto de George, un Grand Cherokee de color gris acero. Hizo sentar a Alex, el más joven de todos, en el asiento más próximo a él. El auto, grande y pesado, se deslizó montaña abajo; ahora veían la ciudad a la luz del día. Ninguno de ellos había creído que la ciudad era tan grande. Esta parte de la ciudad era desconocida para ellos. Cuando llegaron al centro, George condujo por una calle larga y ancha.

—Boulevard Morazán —les dijo—. ¿Han estado aquí antes?

Ninguno de ellos había estado allí. Este lugar no les era familiar. Bancos en palacios de vidrio, negocios iluminados y una calle tan ancha que los automóviles se podían estacionar cómodamente. Hasta los autos les eran desconocidos. Largas filas de autos brillantes y nuevos, con esmalte que brillaba al sol. Muchos eran *jeeps* con ruedas anchas. Alex vio que la mayoría de los autos aparcados en el bulevar Morazán tenían las ventanas polarizadas, pero no le dio gran importancia.

George estacionó su pesado auto en un aparcamiento afuera del centro comercial Castaño.

—Vengan conmigo.

Alex lo acompañó sin pensar dos veces, él era nuevo como niño de la calle y no sabía que este era un centro comercial y que los centros comerciales eran territorio absolutamente prohibido para los niños de la calle. Pero oyó que los otros niños decían palabrotas cuando George los hizo subir por una escalera de mármol por la que se entraba a la galería. Apenas entraron cuando un guardia se les acercó con el garrote en la mano. Alex se quedó mudo de espanto. Por un instante pensó que el guardia había venido para buscarlo. El miedo lo hizo temblar y transpirar al mismo tiempo. Los otros chicos también se quedaron rígidos y volvieron la cabeza para que el guardia no les viera los rostros. Cuando el guardia pasó al lado de ellos, George pasó un brazo protectoramente por el cuello de Alex; Alex pensó que no tenía por qué tener miedo. Estaba allí con George, su benefactor, un extranjero rico, no tenía por qué tener miedo.

Pasaron por el lado de tiendas que vendían sombreros para damas, negocios con muebles en blanco y dorado, tiendas con joyas relucientes y una tienda entera que vendía flores artificiales. George mantenía un brazo alrededor de los hombros de Alex, que estaba muy a gusto y que pretendía que iba con su papá. "Él ha regresado de Houston para verme y ahora me va a llevar a una tienda para comprarme ropa nueva".

George los hizo entrar a un lugar en donde vendían ropa, pero era como si quisiera que la visita fuera lo más corta posible. Los empujó dentro de los probadores; luego de que eligieron pantalones vaqueros, camisetas, gorra y zapatos, podían elegir su marca predilecta y Alex dijo que quería Nike.

George entró a los probadores con los brazos llenos de ropa. Cuando se probaron y eligieron lo que querían, puso su ropa vieja en una bolsa de plástico que se llevó.

Cuando los chicos salieron de los probadores y se miraron empezaron a reírse. Se veían tan distintos con las ropas nuevas. Al salir de la tienda sentían que casi eran de allí. No podían evitar mirarse en todos los espejos y escaparates que encontraban. Ahora sentían que ya no tenían razón para tener miedo alguno y registraban todo lo que veían en ese entorno que no les era familiar. Vieron los bares, la música suave que salía por los altoparlantes invisibles y se dieron cuenta de que el ritmo de la gente aquí era distinto que el de sus barrios. Su centro era el centro de los pobres, con aglomeraciones y apuro. Aquí toda la gente se movía lentamente y estaba bien vestida, nadie se empujaba como la gente de su mundo.

—Pensé que podíamos comprar un balón de fútbol también —dijo George—. ¿O quieren jugar básquet? Tengo balones en casa, pero están un poco gastados. ¿Qué prefieren?

—Fútbol —dijeron todos los muchachos a la vez; el fútbol era su pasión.

George se adelantó y entró a una tienda gigantesca que dejó a los niños mudos. En una estantería que corría a lo largo de la pared y que era tan alta que llegaba al techo, había balones de fútbol. Otra pared estaba llena de estantes con zapatos para jugar al fútbol. En el medio de la tienda había camisetas deportivas.

George tomó un balón de fútbol y se los mostró.

—¿Está bien este?

Los chicos asintieron con la cabeza, estaban todavía asombrados de su enorme suerte.

George sabía que a los niños de la calle había que tentarlos con algo para conservarlos. Por eso les dijo:

—La próxima vez que vengamos al centro les voy a comprar zapatos de fútbol de verdad. Y camisetas deportivas. Aquí hay muchas para elegir. ¿Cuál quieren?

Y señaló hacia la estantería en donde estaban las camisetas deportivas, que tenían los nombres de todos los clubes, desde Manchester United hasta los clubes locales.

—Una camiseta de la selección nacional —dijo el Rata. Los otros chicos asintieron con los ojos brillantes. Todos querían la camiseta de la selección, blanca y azul.

—¿Qué número? —dijo George.

—Número 10 para mí —dijo Alex rápidamente—. Y tiene que decir Pavón.

Los otros también querían número 10 y Pavón en las camisetas.

—Las van a tener —dijo George—. Las compramos mañana. ¿Pero por qué el número 10? ¿Y quién es Pavón?

Entonces se dieron cuenta de que George no solo era extranjero, sino que también era nuevo en el país; nadie que hubiera vivido en Honduras un largo tiempo podía ser tan ignorante. Hablaban todos a la vez.

—Carlos Pavón es el mejor jugador de fútbol hondureño. Juega con el número 10. Juega en la selección, pero no vive acá. Juega en el exterior.

Le contaban excitadamente, con los ojos brillando de pasión. Como todos los demás niños en Honduras, tenían el sueño secreto de alguna vez convertirse en el nuevo Carlos Pavón.

Lo extraño era que George parecía indiferente. No parecía interesarle el fútbol. Le hablaron de la liga italiana, del Inter y de Roma, pero nada de eso parecía interesarle. Y del Real Madrid parecía no haber oído hablar nunca.

Camino de regreso detuvo el auto afuera de una peluquería y les cortaron el pelo a todos. Ahora estaban realmente transformados. Los cinco estaban limpios, vestidos con ropas modernas y con el pelo muy corto.

De nuevo en la gran casa blanca se pusieron enseguida a jugar fútbol. Jugaban en el césped, detrás de la casa. Como no había una cancha de verdad usaban los arbustos como arcos. Pero nadie quería ser el arquero. George los miraba. Lo intentaron convencer de ponerse en el arco pero él parecía no estar interesado en el fútbol.

—Jueguen ustedes —dijo—. Voy a decirle a Lupe que haga algo rico para el almuerzo. Quiero que coman bien.

Cuando la comida estuvo lista entraron al comedor cansados y sudorosos, pero muy contentos. George había regresado al centro, pero no importaba. El televisor estaba encendido en uno de los cuartos y pensaron que podían mirar televisión después de la comida.

Lupe había hecho pupusas salvadoreñas. Unas rellenas de queso, otras con carne picada picante o con frijoles volteados. Alex se comió nueve; después de la novena estaba tan lleno que no se podía ni levantar. Con una expresión alegre en la cara se fue a sentar en uno de los sillones blandos y confortables, en el salón grande. Se puso a ver televisión. Los otros chicos hicieron lo mismo. Entonces vino Lupe. Tomó el control remoto y apagó el televisor.

—¿Qué mierda haces?

—Tengo algo para mostrarles —dijo Lupe, y se sentó en el sofá. Tenía un sobre grande y amarillo en la mano. Sacó un montón de fotografías del sobre y las puso en la mesa.

Primero unas fotos que mostraban niños tan sucios y desharrapados como habían estado ellos el día anterior. Luego otras fotografías que mostraban niños bien vestidos, que tenían el pelo corto, parecían bien alimentados y sonreían en las fotos.

El Rata y los otros tres niños de la calle examinaron las fotos con atención. Las levantaron, las miraron y las pusieron de nuevo en la mesa.

—Yo los conozco a todos —dijo el Rata.

Los otros los conocían también. No sabían bien cómo se llamaban, pero sabían los sobrenombres. Eran el Chino, Corazón, Flaco, Panza y Chillón, estaban delgados y tenían las caras sucias, estaban vestidos con ropa que les quedaba grande.

—Pero son los mismos que en las otras fotos —dijo el Rata con voz asombrada.

En el otro montón de fotos los cinco muchachos parecían totalmente transformados.

—Yo los conocía a todos cuando vivían en la calle —dijo el Rata—. Desaparecieron hace un tiempo. Pero eso pasa. Chino era mi amigo. A veces me he preguntado qué ha sido de él. Pero es bastante normal que los niños de la calle desaparezcan. Pensé que se había muerto; no sabía que le había ido tan bien.

—No le fue bien. Estas son las fotos de los niños que don George recogió de la calle la otra vez. Vivieron aquí y yo los hice engordar. Cuando parecían sanos y bien nutridos él se los llevó. Los niños desaparecieron.

—¿Qué les pasó? —preguntó Alex.

—Él los vendió, ¿no entienden? Los vendió en el extranjero. Lo mismo va a hacer con ustedes.

¿Qué hará con nosotros?

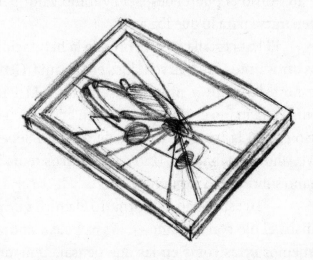

Los gritos se oían a través de las paredes y llegaron al cuarto de Alex. Eran agudos y fuertes y también se oían golpes. Alex se revolvió inquieto. Cuando los gritos cesaron, tomó uno de los animales de peluche y lo apretó fuertemente; era un oso panda.

Sabía que el cuarto de al lado era del Rata.

Se quedó inmóvil en su cuarto.

Todo estaba muy silencioso ahora. No oyó más gritos ni golpes del cuarto del Rata. Por último se levantó, fue hacia la puerta y la abrió. El corazón le saltaba. Se quedó parado en el corredor, sin saber qué hacer. ¿Adónde iría? Unos murmullos ahogados dentro del cuarto del Rata lo atraían como un imán. Abrió la puerta despacio y tomó valor para prepararse para lo que iba a ver.

El Rata estaba en el centro de la habitación; los otros niños estaban sentados en la cama. George no estaba allí y ningún otro adulto. El Rata tenía en la mano el marco roto de un cuadro; en el piso estaba la imagen. La foto de un auto deportivo, ahora estaba roto. Uno de los chicos tenía la mano sobre el ojo izquierdo.

—Tú estás loco —murmuró el chico que se tapaba el ojo con la mano—. ¿Vas a pelear ahora? Tenemos otras cosas en las qué pensar. Tenemos que irnos de aquí.

—Lo siento —dijo el Rata—. Me volví loco. Es la abstinencia. Cuando no inhalo quiero solo pelear y gritar y romper cosas.

Uno de los otros muchachos le señaló a Alex un lugar en la cama. Alex se sentó allí también.

—A nosotros nos pasa lo mismo —dijo otro de los niños—. Pero nosotros no nos golpeamos la cabeza en la pared ni rompemos los muebles, nos peleamos con nuestros amigos. Tú eres una rata de cloaca, una mierda.

El Rata dejó el marco del cuadro en el escritorio y se sentó en un sillón.

—¿Por qué nos va a vender?

Ahora Alex iba a recibir una lección de todo lo que le podía pasar a un niño de la calle, del precio de la libertad.

Los niños desaparecen, sin dejar rastro. Es muy común, le contaron los otros niños. No sabía eso.

—Pero ¿no has visto las fotografías en los periódicos? Pequeñas fotografías que muestran niños: "María Helena, 5 años, desapareció cuando jugaba en la puerta de su casa. César, 4 años, fue secuestrado por una mujer que lo tomó en los brazos y se lo llevó".

Pero uno no lee jamás que algún niño sea encontrado.

—¿Qué pasa con ellos?

—Nadie sabe. Quizás los venden a gente que quiere adoptar un niño. Por lo menos consiguen una familia. Otros dicen que los venden para sacarles los órganos. Los venden para sacarles los riñones y las córneas. Pero cuando son niños de la calle los que desaparecen es otra cosa. Somos demasiado mayores, nadie nos quiere adoptar. Y nadie quiere usar nuestros órganos porque creen que

no somos suficientemente sanos, ya que inhalamos pegamento y usamos otras drogas.

—¿Pero quién nos quiere comprar entonces? —dijo Alex.

—Justamente —dijo el Rata—. ¿Quién quiere pagar por nosotros? De seguro que es algo peor todavía.

—Quizás nos venden a hombres a los que les gustan los niños —dijo el chico que había recibido el golpe en el ojo. Se le estaba hinchando ahora.

—O nos quieren vender para fotografiarnos —dijo otro—. Para tomarnos fotos pornográficas. O hacer películas pornográficas. O películas *snuff*. Son las peores. No sé si es verdad, pero dicen que filman cuando a uno lo torturan hasta morirse de verdad. Eso es una película *snuff*.

No alcanzó a decir más porque oyeron pasos afuera de la puerta. Era el gringo George que venía y vio el cuadro roto y cinco rostros asustados. Extrañamente no pareció enojarse, solo sonrió con sus dientes blancos y parejos.

—Ya veo que la pasan mal, chicos. Sé que es difícil terminar con el pegamento, voy a buscarles unas píldoras. Los van a tranquilizar y a hacerlos sentir mejor.

Volvió con un frasco de píldoras blancas.

Cuando la puerta se cerró detrás de George, uno de los niños extendió la mano para agarrar las tabletas, pero el Rata le pegó en la mano.

—No lo hagas. Pueden ser pastillas para dormir. O veneno.

Tomó el frasco, lo destapó, fue al baño y tiró todas las tabletas por el inodoro. Los otros niños dijeron palabrotas, hubieran querido usar las tabletas pero no se atrevieron a impedirle al Rata que las tirara.

Alex no opinaba nada.

Estaba mudo y tenía la cabeza vacía de pensamientos.

—¿Se sienten mejor ahora? —les preguntó George cuando se sentaron a comer. ¿Tomaron las pastillas?

Los niños asintieron con la cabeza, los cuatro que inhalaban pegamento trataron de evitar mover los pies y las manos para que no se viera lo nerviosos que estaban. Los cuatro se habían sentido muy mal y habían tenido diarrea. Alex era el único de ellos que comía bien.

—Quizás estén somnolientos —dijo George y miraba a los niños que apenas comían.

—Sí —dijo el Rata—. Creo que nos acostaremos temprano esta noche.

—Me parece muy bien —dijo George—. Mañana vamos a comprar las camisetas de fútbol. Y un reloj de pulsera para cada uno. ¿Les gustaría eso? Pero antes de que se acuesten esta noche quiero que saluden a unos amigos míos. Quieren verlos.

Los niños se bañaron y se peinaron y se vistieron de nuevo. Lupe vino a buscarlos.

Alcanzó a decirles unas palabras mientras caminaban por el largo corredor:

—Ustedes están encerrados. Arriba del muro alrededor de la casa hay alambre de púas electrificado. Si tratan de escalar el muro van a quemarse. Pero cuando don George se duerma esta noche voy a dejar abierta la puerta de la casa y la puerta del muro. Váyanse. Esta noche. Pero prometan que no van a decir jamás que fui yo la que les ayudó.

No pudo decir nada más porque ya habían llegado a los salones. Había tres hombres sentados en los sillones, George era uno de ellos. Se levantó tan pronto como vio entrar a los muchachos. Lupe volvió a la cocina.

—Aquí están los niños que viven en mi casa. El menor es Alex. Es nuevo en la calle y no ha empezado a inhalar. Al más delgado le dicen el Rata, pero se llama Emilio. Al otro le dicen Manuel

Globo. Es su sobrenombre. Pero nosotros no usamos apodos aquí. Decimos solo Manuel. Los otros dos se llaman José y Walter. Han vivido muchos años en la calle y han inhalado mucho. Por eso se les ve tan pálidos e inquietos, porque están tratando de dejar la droga. Pero son sanos y despiertos. Los tendrían que haber visto jugando fútbol temprano por la tarde.

Los otros dos hombres no les dieron la mano ni les dijeron hola.

Solo miraban.

Los examinaban atentamente sin decir una palabra.

—Ahora sí se pueden ir a dormir —dijo el gringo George.

La fuga

La oscuridad era total ahora. Los grillos en el jardín se habían callado. El olor de los jazmines y de los hibiscos entraba por la ventana abierta del cuarto del Rata.

Cuatro chicos caminaban inquietos de arriba abajo en la pequeña pieza, sin detenerse.

Se empujaban con mal humor cada vez que se chocaban.

Alex estaba acostado en la cama, repasando lo sucedido en los últimos días; su mente daba vueltas como una máquina de lavar: el extranjero generoso, la buena comida, el fútbol, la primera

sensación de seguridad que se transformó en de-
cepción e inquietud cuando Lupe les mostró las
fotos de los niños desaparecidos que el Rata y todos los demás reconocieron. Alex no entendía qué
quería hacer George con ellos. ¿De verdad se pueden vender niños? ¿Y para hacer con ellos qué?

El miedo lo hizo tiritar de frío a pesar de que
la noche era inusualmente cálida. Recordaba todo
el tiempo las palabras de Lupe. Don George es un
hombre malvado. Y recordaba su promesa:

"Cuando don George se acueste voy a abrir
la puerta de la calle y del muro. ¡Váyanse! ¡Esta
misma noche! Pero si se salvan prometan que jamás van a decir mi nombre ni que fui yo quien les
ayudó".

Oyeron que la pesada puerta del muro se
abría, también el ruido de un motor de auto. El Rata
apagó la luz del cuarto y los cinco se apretujaron en
la ventana para ver lo que pasaba. Tres lucecitas se
habían encendido en el jardín y vieron que no era
el auto de George que se iba, sino que eran sus amigos quienes salían por el portón. Vieron la puerta
de hierro cerrarse y que George volvía a la casa.

Tan pronto como entró se apagaron las luces del jardín, que volvió a estar completamente
oscuro.

Los cuatro niños reanudaron sus nerviosos paseos en el cuarto.

Ninguno de ellos tenía reloj. ¿Cuánto tiempo había pasado?

¿Se habría dormido George?

¿Ya era hora de intentar escaparse?

¿Y Lupe habría guardado su promesa y abierto las puertas de la casa y del muro?

—No aguanto esperar más —susurró el Rata—. Nos vamos.

—Dejemos los zapatos; si vamos descalzos hacemos menos ruido —dijo el más grande de todos, al que le decían Manuel Globo.

—¿Estás loco? ¿Dejar los zapatos nuevos? —dijeron todos enojados.

—Es una buena idea —dijo el Rata—. Nos quitamos los zapatos pero nos los llevamos con nosotros.

Los cinco niños se quitaron los zapatos tenis y se los ataron al cuello con los cordones. Luego abrieron la puerta y empezaron a caminar por el corredor, despacio, uno tras otro.

No se atrevieron a encender la luz, caminaban a tientas en la oscuridad.

La puerta de la casa estaba sin llave. Y la pudieron abrir sin hacer ruido. Se quedaron inmóviles del lado de afuera, atentos a cualquier ruido del interior de la casa.

Oyeron algo y el pánico los hizo empezar a correr sin rumbo. Alex se tropezó con un rastrillo olvidado y se cayó. Se pegó en la rodilla y en la boca; en el camino empedrado, el dolor le aumentó el pánico. Ahora oyó un grito, una voz de hombre. Cuando levantó la cabeza vio que los otros muchachos ya habían llegado a la puerta del muro y que la abrían. Alex se incorporó para tratar de correr y alcanzarlos. Vio una figura oscura volver corriendo. Era el más grande de todos ellos, Manuel Globo. Alex pudo por fin pararse al mismo tiempo que oía que alguien venía corriendo detrás de él y la voz enojada de George.

Pero Manuel ya estaba a su lado.

Alex sintió cómo Manuel lo levantaba y se lo cargaba al hombro y corría hacia el muro.

Corrieron a través del portón y alcanzaron el camino. Alex todavía colgaba del hombro de Manuel; ya no oía más a George. Lo único que oía era la transpiración agitada de Manuel Globo. Corrieron a través de otro jardín oscuro, finalmente lo dejó en el suelo.

—Ahora tienes que tratar de correr solo —le dijo sin aliento—. Yo te tengo de la mano.

Alex no podía recordar el resto de la noche, ahora que se había convertido en Dogboy y trataba de contarles su vida a sus perros. Lo único que recordaba era que se habían puesto los zapatos y que habían corrido de la mano todo lo que habían podido. Llegaron a cerros que no estaban habitados, llenos de matas que los lastimaban; iban por campo abierto. Al apuntar la mañana llegaron por fin a la ciudad con todas sus luces. Cuando llegaron al río que separaba la ciudad en dos partes, Manuel Globo dijo:

—Es mejor que nos separemos aquí. Voy a dejar la ciudad un tiempo y te aconsejo que hagas lo mismo.

Globo corrió y se metió hábilmente por la calle llena de vehículos. Alex lo vio desaparecer. No había tenido la oportunidad de decirle gracias. Luego, cuando les contaba esto a sus perros, decía:

—Este Manuel Globo era un amigo de verdad; nadie había hecho algo así por mí antes. Piensen que volvió a recogerme cuando vio que me había caído. Era muy fuerte. Me cargó en sus brazos y nos pudimos escapar de ese malvado George. Me salvó, estoy convencido de eso.

Una enorme cantidad de gente pasaba por el Tercer Puente, uno de los puentes sobre el río en el centro de la ciudad de Tegucigalpa. Alex caminaba en el sentido inverso. Tenía todavía miedo y de tanto en tanto se detenía para mirar para atrás. Pero no vio a ningún extranjero, solo la gente pobre camino hacia algún lugar, y la calle llena de autos abollados. En el puente, los vendedores vendían hojas de afeitar, cepillos para el pelo, pasta de dientes, candados, despertadores, medicinas contra las alergias, perchas y diferentes tipos de camisetas, una con el retrato de Jesús, la otra con el osito Winnie.

Los gritos de los vendedores ofrecían lo que tenían para vender: "¡Despertadores! ¡Camisetas del osito Winnie!". Todos gritaban en diferentes tonos y sus voces formaban un coro extraño.

El mal olor que venía del río lo hacía sentir bienvenido, por lo menos era conocido.

De todas maneras, iba como en una nube. Primero tenía que encontrar una forma de mantenerse. Manuel Globo le había dicho que se fuera de la ciudad.

¿Pero a dónde podía irse?

Del otro lado del puente había una plazoleta, una especie de isla en medio del tránsito. En el medio había un árbol grande y debajo del árbol estaba sentada una viejita muy arrugada con una

pañoleta de color rosado. La vieja estaba sentada en una silla rota de plástico azul y alrededor de ella había una montaña de cajas de cartón y de bolsas de plástico.

"¡Dichoso el que tuviera una abuela para ir a visitar!", pensó Alex cuando la vio, pero él no tenía ninguna abuela.

La viejita arrugada le hizo señas de que se acercara. Alex caminó hábilmente por entre los autos y llegó a la isla en donde ella estaba sentada.

La viejita le extendió una mano arrugada como una garra; era pequeña y liviana pero muy cálida.

—Me llamo doña Cecilia. Y tú, ¿cómo te llamas?

—Alex —le respondió el muchacho.

—Bienvenido a mi reino —dijo la vieja y le soltó la mano señalando la montaña de basura—. Duermo como un perro en el suelo y no tengo ninguna manta. Me cuesta caminar pero cada día me arrastro por las calles buscando entre la basura que tiran en las orillas del río. Junto frascos de comida para bebés y cajas de plástico que enjuago y vendo. Mira.

Le mostró orgullosamente un pequeño cajón en donde había dos frascos vacíos de comida para niño, tres botellas de plástico y una botella vacía de Coca-Cola.

Alex pensó que se podría quedar con la vieja. Seguro que dormía en el piso sobre unos sacos, él la podía ayudar a buscar latas y frascos. Sería como tener una abuela. Pero luego pensó en el gringo George. Los que vivían acá se veían desde muy lejos. No, no podía. Se tenía que alejar de la ciudad.

Se sentó en el suelo duro cerca de la vieja.

Hablaron.

La viejecita lo hizo reír.

Finalmente se animó a pedirle consejo.

—Vete al basurero —dijo ella—. Está afuera de la ciudad y es enorme. Yo trabajaba allí antes de que me lastimara la cadera y me fuera difícil caminar. En el basurero, uno está bien y puede ganar mucho dinero.

Una niña de vestido rojo y 20 perros

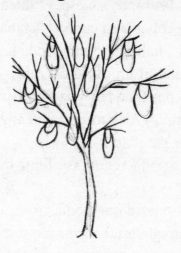

El autobús colorado se detuvo con un chirrido y a pesar de que Alex estaba lejos, en la acera, oyó la música de rap que salía por la puerta abierta del autobús. El chofer subió el volumen de la radio hasta ensordecer y se quedó sentado marcando el ritmo contra el volante.

Alex se había informado de que el autobús iba hasta Cerro Grande y el basurero.

"El basurero queda lejos", le había dicho doña Cecilia. "Ve en autobús, si no te va a tomar todo el día".

En el preciso momento en que el autobús se detuvo y él se iba a subir se dio cuenta de que no tenía dinero; no podía pagar el boleto para llegar al basurero. Pensando en eso, el miedo de la noche anterior volvió a su cuerpo. Estaba asustado y muy cansado, había caminado toda la noche y no había dormido ni un minuto. Quizás George iba con su auto por toda la ciudad buscándolo a él y a los otros niños. Alex miraba con angustia todos los autos que pasaban.

No, no podía seguir así. Tenía que irse de la ciudad.

Por supuesto que podía irse caminando al basurero, aunque estaba cansado y somnoliento. Pero si él iba por el camino era muy fácil verlo, si alguien lo buscaba desde un auto. Se preguntaba qué haría George con él si lo encontraba. No quería pensar en eso.

El autobús se puso en marcha y las puertas se cerraron. Alex recordó que había visto a los niños de la calle ir colgados atrás de los autobuses, por la parte de afuera. Corrió hacia el autobús y pudo colgarse por la parte de afuera, pero se arrepintió enseguida. No iba a terminar bien. El autobús aumentó la velocidad y salió de la ciudad, entró en una carretera secundaria. Siguió colgado del autobús. Lo único que pensaba era que no podía soltarse. Le dolían los brazos, trataba de no mirar para el asfalto que desaparecía bajo sus pies a gran velocidad. Ahora los brazos estaban complemente paralizados. "Tengo que aguantar", pensó, "no puedo soltarme y caerme". Se vio a sí mismo caído en el asfalto en un charco de sangre. No, tenía que pensar en algo agradable. Podía pensar en Blondie, el perro que había tenido cuando era pequeño. Eso le hizo bien. Los recuerdos de Blondie le hicieron apartar la mente de la sangre y de la muerte prematura.

Finalmente el autobús se detuvo y todos los pasajeros salieron. Tan pronto como se detuvo, Alex sintió un olor áspero en la nariz y vio aves de carroña, negras, circular por el cielo azul.

Entendió que había llegado a su destino.

Lo había logrado.

Estaba en el basurero.

Se soltó del autobús y cayó de pies y manos en el camino vecinal. Los brazos y los pies le dolían, los pies estaban tan dormidos que tuvo que caminar vacilante unos minutos, antes de poder dirigirse a la meta de su viaje: el basurero más grande de Honduras.

Siguió a todos los que habían viajado en el autobús. Como llevaban sacos grandes en la mano y muchos traían bastones largos, dedujo que todos iban también para el basurero. Todavía no lo veía, solo sentía el mal olor y veía el humo blanco que se levantaba detrás de los árboles. La gente con las bolsas y los bastones largos se metieron por un camino de tierra rojiza. Alex los siguió. Estaba muy cansado y no podía ir tan rápido como los adultos; bostezaba todo el tiempo. Solo quería dormir.

De pronto se quedó parado, con la mirada fija. Debajo de él había un... ¿qué era esto? ¿Era un bosque mágico? ¿O solo una gran cantidad de bolsas de plástico rojas?

En el pequeño llano debajo de sus pies había matorrales crecidos y árboles; de las matas y de las ramas colgaban bolsas de plástico de todos colores, rojas, blancas, azules, amarillas, lilas, rayadas, transparentes. Miles de bolsas de plástico se habían quedado enredadas en las ramas; algunas estaban vacías, otras llenas de aire. Pero todas brillaban y chirriaban. Era todavía de día y las bolsas brillaban a la luz del sol. Alex pensó que era muy bonito.

"Aquí quiero dormir", pensó.

Dejó el sendero rojo y se tiró sobre una piedra con la cabeza sobre el brazo. Enseguida durmió profundamente en el Bosque de las Mil Bolsas de Plástico.

El calor y el hambre lo despertaron. Siguió por el camino rojo. Más allá del Bosque de las Bolsas vio el humo blanco que subía al cielo y se disolvía. Cuanto más se acercaba al humo, el olor era más áspero y penetrante. Una gran llanura negra se extendía delante de él: hollín en la tierra, cajas de cartón rotas, pero ni una persona. Caminó sobre la tierra quemada y se alegró de estar calzado, porque por todas partes había cosas afiladas, clavos, pedazos de vidrio, la cabeza de una muñeca, una olla rota, pero no vio a nadie. Lo único que se movía eran las bolsas de plástico que llevaba el viento y que subían al cielo con los pájaros carroñeros antes de caerse de nuevo.

Por un segundo se sintió confundido. Aquí no se podría mantener. Entonces tuvo una visión que recordaría toda su vida. Una niña vestida con un vestido corto de color rojo venía caminando por sobre la tierra quemada rodeada de una manada entera de perros. La chica iba en la mitad de la manada y los perros saltaban y corrían a su alrededor. Había perros de todas las razas, tamaños y colores y todos se empujaban para ir más cerca de ella. Jugaban y la miraban.

Los perros parecían alegres.

Y la niña también.

Alex empezó a correr hacia la niña. El mal olor era cada vez más fuerte. Pero de pronto la niña y los perros desaparecieron como por arte de magia. La llanura quemada debía terminar en una bajada empinada. Cuando Alex llegó al borde de la llanura se quedó parado, mirando. Vio a la chica moverse debajo de sus pies. El vestido rojo brillaba; iba sola por un sendero que serpenteaba. Los perros la habían dejado, iban al galope hacia el basurero del que doña Cecilia había hablado, el lugar en donde podría ganarse la vida.

Cientos de personas se movían allí abajo; los camiones de basura se sucedían sin pausa. Tan pronto como uno de ellos empezaba a vaciarse, llegaban los pepenadores[1] de basura.

Eran tanto adultos como niños, pero Alex también vio que había vacas y perros buscando también algo qué comer en la basura. Pero sobre todo había aves de carroña, pájaros negros con alas con flecos que estaban por todos lados y que de vez en cuando se levantaban y empezaban a volar en círculo por arriba del basurero y que bajaban de nuevo y hurgaban con sus picos fuertes.

---

1. Término usado en América Central para referirse a los hurgadores de basura.

El olor era tan penetrante que se metía en la nariz y hacía difícil la respiración. Todo estaba cubierto de polvo y de humo y de grandes nubes de moscas.

La niña no se veía por ninguna parte.

Alex se acercó con pasos inseguros a uno de los camiones de basura que había vaciado su contenido. Los pepenadores se lanzaron sobre la montaña de desechos que el camión había escupido. Rompían las bolsas de plástico negras y revolvían con palos en el interior; los niños estaban sentados en lo alto de la montaña y metían las manos en la basura. Alex los miraba sin moverse.

¿Cómo se podría ganar la vida aquí? Lo único que veía eran cáscaras de naranjas, tomates podridos, huesos sin carne, trapos sucios, una sartén esmaltada. La sartén la tomó rápidamente un hombre viejo que lo metió en su bolsa. Un niño de la edad de Alex encontró una camiseta. Los otros buscaban y buscaban.

Los carroñeros no tenían miedo, volaban bajo y se posaban entre la gente y picaban y buscaban junto a ellos. Los perros eran más tímidos, al igual que las vacas. Todos, la gente y los animales, parecían tener prisa. Pronto Alex entendió por qué. Aquí había que buscar rápido, y alcanzar a buscar antes de que la nueva basura llegara, porque un camión con pala mecánica apisonaba la montaña de basura. Los niños, los animales, los perros y las vacas bajaban de la montaña de basura justo en el momento antes de que la montaña descendiera por la bajada. Allí abajo se quemaba la basura, de allí venía el humo blanco y maloliente.

Entonces vio a la niña de los perros.

Tenía una varita en la mano y se había atado un pañuelo alrededor de la boca. Ahora Alex se atrevió a hacer lo más osado que había hecho en su vida. Se sentía tímido, pero de todas maneras se le acercó y le preguntó:

—Hola. ¿Cómo se hace?

—¿Eres nuevo? —dijo la niña del vestido rojo, que se sacó el pañuelo de alrededor de la boca para poder responderle.

—Sí.

—Primero tienes que encontrar un saco para poder meter las cosas que encuentras. Y luego tienes que decidirte.

—¿Decidirme?

—Sí, lo que vas a juntar. Yo junto bolsas de plástico transparentes y latas. Esa niña pequeña junta suelas de zapatos y su abuela botellas de vidrio. El muchacho con gorra de capitán y lentes de sol busca ropa vieja. El abuelo de barba junta cosas de aluminio. Todos tienen una especialidad.

—¿Qué es lo mejor?

—No sé. Yo gano 200 lempiras por día, a veces 250. Si quieres ayudarme aprendes.

—¿Pero qué haces con las bolsas de plástico y las latas?

—Por las tardes vienen compradores. Te pagan por el peso.

La chica tenía una vara con la que hurgaba en la masa pegajosa. Le dio otra vara a Alex y así al pasar le dijo que se llamaba Margarita. A Alex no se le ocurrió decirle su nombre, pero cada vez que encontraba una bolsa de plástico transparente o una lata de aluminio la metía en la bolsa de Margarita.

Trabajaron juntos un largo rato.

Ninguno hablaba. Pero había algo que él quería preguntarle y finalmente se animó:

—Te vi con un montón de perros. ¿Son tuyos?

—Sí, tengo 20. Todos son míos. Todo empezó cuando yo era muy pequeña. Yo acompañaba a mi padre y trabajaba en el basurero todos los días. Un día encontré un cachorro entre la basura. ¡Era tan lindo! Blanco con las patas negras. Era una perra. Era tan gordita y linda, no puedo entender que alguien pueda tirar una perrita tan preciosa. Pero yo me alegré. La llevé a mi casa y la empecé a llamar Lobo. Me acompañaba al basurero todos los días. Y al final tuvo ella misma cachorros. Ahora tenemos 20 perros. Y Lobo va a tener cachorros de nuevo.

—¿Dónde vives?

—Abajo del basurero. Mi mamá y mi hermano y los perros viven ahí. Papá nos dejó. Hace mucho tiempo. Vive con otra mujer ahora. Todos los otros que viven donde vivimos nosotros tienen miedo. Pero nosotros no. Los perros duermen alrededor de nuestra casa por las noches y tan pronto como alguien se acerca empiezan a ladrar furiosamente. Nunca nos han robado algo y por las mañanas los 20 me acompañan al basurero. Pero tan pronto como llegamos aquí, se van por todas partes para buscar algo de comer. Luego que han comido y están llenos vuelven a la casa.

—¿Así que ustedes no tienen que darles de comer?

—No, mira, hablando de eso, aquí viene nuestra comida.

Un grito de alegría colectiva subió al cielo azul con las aves de carroña. El grito era de los niños que trabajaban juntando basuras.

—¡Viene MacDonald's!

—¡Pizza Hut!

—¡Burger King!

Todos los niños del basurero gritaban de alegría y corrían hacia los camiones amarillos. Margarita también corría y Alex la seguía.

Ahora Alex aprendió que había camiones especiales que todos los niños esperaban, los que venían con los restos de Pizza Hut, de MacDonald's y de Burger King. La mayoría de los niños no traía ninguna comida de la casa cuando venían a trabajar al basurero por las mañanas. La comida la tenían que encontrar entre la basura. Pero esperaban a que llegaran estos camiones para comer.

Los niños venían corriendo de todas partes y se trepaban por las cajas y bolsas que el camión había dejado. Se empujaban y se peleaban, pero no de forma agresiva, sino juguetonamente, alegres. Se reían. Los que hacían un hallazgo importante mostraban lo que tenían. Un pedazo de pizza. Media hamburguesa. Una bolsa de papas fritas. Alex vio un pedazo de hamburguesa que se apresuró a agarrar antes de que otro se la quitara. Se la metió en la boca y masticó. Se preguntó si era eso lo que era una whopper.

Una denuncia no planeada

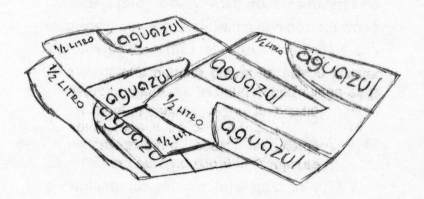

Durante el día, Alex aprendió a sobrevivir en el basurero.

—Debes tener cuidado con ese hombre gordo de allí. Es peligroso. Y esos hombres de allí, se drogan. Son peligrosos también. Roban a la gente, pero son más peligrosos para las niñas. Una amiga mía, Ana, fue violada por ellos. Tenía diez años. Fue a plena luz del día. Muchos los vieron pero nadie se animó a intervenir porque todos les tienen miedo. Mamá no quiere que yo venga sola. Trabajo siempre con mi hermano, pero hoy está en casa, enfermo. Pero yo no siento miedo, porque tengo a los perros.

—¿Cómo es eso?

—Me protegen. ¡Mira!

Margarita se puso dos dedos en la boca y silbó agudamente. Un perro vino al galope, un gran perro marrón con patas blancas y una gran mancha blanca en la espalda. Corrió hacia ella moviendo la cola y ella lo acarició en la cabeza y en la espalda.

—Este es Héctor. Si alguien intenta hacerme daño él me defiende.

Alex nunca había oído algo más maravilloso.

Por la tarde vinieron los compradores y Margarita vendió las bolsas de plástico y las latas de aluminio que habían encontrado en la basura durante el día. Le dieron 210 lempiras. Le dio a Alex 100. Nunca había tenido tanto dinero en su vida.

Margarita silbó de nuevo, pero esta vez no vino ningún perro.

—Tienen que estar en casa entonces. Corren a la casa cuando están llenos. Me tengo que ir. Mamá está siempre inquieta cuando yo estoy sola aquí. ¿Nos vemos mañana?

—¡Seguro!

Vio a Margarita con su vestido rojo irse con paso decidido sendero abajo. Tan pronto como ella desapareció, Alex vio las nubes de moscas y sintió de nuevo el mal olor. Se miró las manos. Y sus zapatos nuevos. Todo estaba tan sucio.

En el basurero no había agua para los que trabajaban allí. Pero un poco más abajo, en el camino, había un chorro; eso le había dicho Margarita. Lo encontró y bebió mucho para saciar su sed. Se lavó las manos pero no quedaron limpias. Trató de sacarse la mugre pegajosa de sus zapatos Nike, pero no sirvió de nada; trató de limpiarse lo mejor que pudo con un palito. Los zapatos tenían mal olor. Nadie creería que esos zapatos habían sido comprados en una de las mejores tiendas de Tegucigalpa, hacía solo unos días.

"Hazte una casa de cajas de cartón", le había dicho Margarita; "eso es lo que hacen todos los que duermen en el basurero".

La mayoría de la gente que trabajaba en el basurero se fue por la noche. Algunos se fueron por el mismo camino por el que se había ido Margarita; otros fueron a la parada del autobús para volver a los barrios pobres de Tegucigalpa donde vivían. Pero unos cuantos dormían en el mismo basurero. Alex no sabía si vivían allí siempre o temporalmente. Encontró dos buenas cajas de cartón que arrastró hacia el lugar en donde había otros que vivían también en casas hechas de cajas vacías. Pero no sabía si él quería vivir cerca de ellos. Nadie parecía mirarlo con interés, pero él tenía miedo de los drogadictos, los que robaban y les hacían daño a las niñas. Por último, se fue a un lugar un poco apartado, rompió una caja para dormir sobre ella y la otra se la puso encima, como cubierta. Ahora estaba como en una casita. Cuando se cercioró de que nadie lo espiaba, tomó el atado de dinero con los 100 lempiras y las miró. Olió el dinero. Los tenía que esconder para que no se los robaran. El bolsillo no era un buen lugar, si se los ponía en los calzoncillos los podía perder. Finalmente los guardó debajo del cartón en donde dormía. De allí no se los podían sacar.

El frío llegó rápidamente. Tenía frío pero se mantuvo caliente pensando en todo lo que se podía comprar con ese dinero. En el envase de cartón del Burger King decía que una whopper costaba 18 lempiras. Con ese dinero que había ganado en un solo día se podía comprar 5 whoppers. ¡Era increíble! "Un día voy a ir al Burger King a comprar comida y sentarme en una mesa y comer", pensó antes de dormirse.

La noche fue inquieta. Se despertó muchas veces. ¿Eran pasos que se acercaban a su pequeña casa de cartón? Como tenía un billete de 100 lempiras, tenía miedo de que se lo robaran.

Había todavía mucho ruido en el basurero aunque ya era tarde por la noche y Alex levantó el cartón para mirar. Los camiones de basura seguían llegando. No eran tantos como durante el día, pero él vio a pepenadores que seguían trabajando. Buscaban en la basura con linternas. Se tapó de nuevo con el cartón y trató de dormir.

Se dormía y se despertaba todo el tiempo.

Temprano por la mañana se levantó y miró debajo del cartón en donde había dormido. El billete estaba todavía allí. Pero no podía dejarlo ahí. Lo dobló y se lo puso en el bolsillo del pantalón. Luego esperó a Margarita. Se sentó a esperarla en la mitad del camino por el que la había visto desaparecer. Pero ella no vino. No pudo resistirse y le compró algo a una mujer que vino a vender con un canasto de tortillas de maíz recién hechas y un termo de café. Siguió sentado esperándola y trató de beber y comer lentamente. Seguro de que llegaría antes de que terminara de comer.

Tenía razón, ella vino antes de que él se hubiera comido el último bocado y a pesar de que la estaba esperando, la sorpresa de su aparición siguió siendo la misma del día anterior. Una niña descalza con un vestido rojo rodeada de una manada de perros. Ella lo vio de lejos y lo saludó. Tan pronto como llegó, los perros se dispersaron y se fueron a la cima del basurero, en donde los camiones iban y venían sin cesar.

—Pareces contenta —dijo Alex.

—Estoy contenta —dijo Margarita y se sentó a su lado—. Uno está siempre contento por las mañanas cuando trabaja aquí. Uno piensa en todo lo que puede encontrar. Encontré una cadena de oro un día, la vendí. Y encontré un anillo que me llevé para la casa. Mi hermano mayor encontró un anillo con una calavera que usa siempre. Y encontré tres muñecas Barbie. Las tengo en casa y juego con ellas de noche.

—Cada día pienso: "Hoy voy a encontrar un collar valioso. O un anillo de diamantes. O dinero". El año pasado una vieja encontró una bolsa de plástico llena de billetes: 100 000 lempiras. Ella tiene un hijo que también trabaja aquí, no quería que su hijo viera el dinero porque creía que se lo iba a quitar. Por eso escondió la bolsa entre la basura. Pero entonces vino un camión con pala mecánica y empezó a mover justo la montaña de basura en donde ella había escondido la bolsa, y empezó a gritar: "¡Deténganse! ¡No muevan ese montón porque allí he escondido yo una bolsa llena de dinero!". El que manejaba el camión la oyó y se detuvo, pero ya allí había un montón de pepenadores, como aves de carroña. Ellos también habían oído lo que la vieja había gritado. Llegaron antes que la vieja y uno de los hombres encontró la bolsa y dijo: "Es mía, fui yo el que la encontró".

—¡Qué injusto!

—Aquí no hay ninguna justicia. Gana el más fuerte. Escucha, tengo una idea. Mi hermano sigue enfermo, mientras tanto tú puedes juntar lo que él acostumbra juntar. Él junta esas bolsas de plástico gruesas que se usan para llevar agua. Tienen la palabra *Aguazul*. No son tan fáciles de encontrar como las otras comunes, pero los compradores las pagan mejor.

Todo ese día y los días siguientes trabajaron juntos. Cuando Alex encontraba bolsas de plástico transparentes se las daba a Margarita y ella le señalaba cada vez que encontraba una bolsa con la palabra *Aguazul*. Iban juntos a ver a los compradores y se quedaban siempre sentados un rato, conversando.

Cuando se habían conocido un poco más, Alex le preguntó:

—¿Qué es lo que más deseas en la vida?

—Ir a MacDonald's. O a Burger King. O a Pizza Hut. He estado en Tegucigalpa dos veces con mamá, pero cuando le pregunté por qué no entrábamos a comer a Burger King se enojó.

—Yo también quiero ir —dijo Alex—. Un día voy a ir a comer al Burger King. Seguro que sí. ¿Hay alguna otra cosa que quieras? —preguntó Alex, que tenía un plan con esas preguntas.

—Ir a la escuela —dijo Margarita y suspiró—. Mi papá trabajaba aquí en el basurero y mi hermano y yo lo acompañábamos. Yo empecé primer año de escuela. Me encantaba. La maestra decía que yo era muy inteligente. Yo solo necesitaba trabajar aquí en el basurero por las tardes y los sábados y domingos. Pero mi papá nos dejó. Se fue a vivir con otra mujer. No sé dónde vive ahora. Pero ya no trabaja más aquí. Desde que él nos dejó tengo que trabajar aquí todos los días; no puedo ir más a la escuela. El dinero que gano es para mi mamá. Con eso ella compra comida y ropa y paga el alquiler.

Por fin llegó la pregunta que Alex había estado esperando:

—Y tú, ¿qué quieres más que todo en el mundo?

Alex se quedó en silencio a pesar de que había estado esperando la pregunta.

—¿Ir a la escuela?

—No —dijo Alex—. Lo que más quiero es que mi papá y mi mamá vengan a buscarme.

No había pensado decir eso. Había pensado decir que lo que más quería era tener un perro. Entonces Margarita le diría, te puedes quedar con uno de los míos, yo tengo muchos. Pero justo cuando iba a decir eso del perro, que había pensado en decir todo el día, sus sueños más profundos salieron a la superficie. Y cuando dijo eso se puso tan triste que se levantó y se fue corriendo.

Lloró toda la noche, o por lo menos eso sentía cuando se despertó al otro día.

La caja

Durante los primeros días sentía el olor áspero de la basura en la nariz tanto de día como de noche, y se asqueaba de todo lo que veía salir de los camiones, pañales sucios con excremento, gatos muertos, jeringas usadas, naranjas podridas llenas de gusanos, huesos y desechos de los mataderos.

Pero se acostumbró.

Pronto empezó a sentir la misma expectativa que Margarita sentía todas las mañanas, cuando iban corriendo a los camiones con sus bolsas y sus palos. Cada vez que encontraba algo importante lo mostraba.

—Mira, pantalones vaqueros. Y con esta cartera me quedo yo. Mira, encontré un arete. ¿Lo quieres?

Margarita se colgó el arete en la oreja, era una piedra azul que colgaba de un hilo de plata. Le sonrió y Alex pensó que iba a tratar de encontrar dos aretes la próxima vez.

Cada tarde vendían sus bolsas y latas. Alex había seguido el consejo de Margarita y se había especializado en las bolsas de plástico celestes con la palabra *Aguazul*.

Cada día ganaba dinero. Ganaba tanto que podía ahorrar. Por las noches guardaba los billetes debajo del cartón sobre el que dormía. Por las mañanas se metía el dinero en los zapatos y un poco en los bolsillos.

Empezaba a aprender las reglas del basurero. Había aprendido a hacerse a un lado cuando el camión con pala mecánica venía a mover el montón de basura en el que él estaba revolviendo. Se sabía de niños enterrados, hasta de adultos.

—Y también vacas —le dijo Margarita.

Los únicos que siempre estaban bien eran los perros y las aves de carroña negras. Los perros saltaban cuando venía el camión, pero las aves de carroña se quedaban posadas majestuosamente y dejaban que el camión empujara la basura con su pala. Solo en el momento en el que la basura empezaba a caer sobre el lugar en donde se la quemaba, los pájaros abrían sus alas y salían volando.

Alex se mantenía alejado de los hombres peligrosos. Los que tenían cuchillos en el cinturón o se drogaban con pegamento o se emborrachaban con alcohol barato. Margarita le había indicado quiénes eran los más peligrosos. Quienes más le gustaban a él eran las ancianas.

Hablaba con una de ellas, la tía Inés. Venía todas las mañanas con su corte de 6 nietos. Ella creía que el menor tenía algo así como 3 años y el mayor aparentaba 10.

—Tengo dos hijas. Se han ido a Estados Unidos y no han dado señales de vida, pero antes de irse me dejaron a sus hijos. Mi marido está muerto. Tengo que tratar de mantener a todos mis nietos sola. No es fácil para mí. Pero son bonitos, ¿verdad?

Alex asintió con la cabeza y miró con envidia los seis nietos sucios que tímidamente se apretaban en torno a la abuela. Venían en el autobús todas las mañanas y juntaban papeles y periódicos que vendían antes de irse por la tarde.

Les tenía envidia porque tenían una abuela que se hacía cargo de ellos y que decía que eran lindos. La abuela también decía que Dios estaba con ella. Había mandado un ángel de la guarda que le hacía compañía.

—¿No ves el ángel? Va a mi lado.

Alex miró con atención, pero no vio a ningún ángel, así que negó con la cabeza y se dio cuenta de que la tía Inés se quedaba un poco decepcionada.

—Casi nadie ve a mi ángel —dijo ella—. Pero está aquí. Te aseguro. Él es el que se encarga de que los niños no queden enterrados en las montañas de basura o que no se corten con cosas puntiagudas y afiladas cuando buscan en la basura. Y mis nietos no están nunca enfermos. Todos dicen que la gente se enferma de trabajar en el basurero, pero mis nietos no han estado enfermos un solo día desde que empezaron a trabajar aquí. Es gracias al ángel de la guarda.

Esa noche Alex, que dormía como habitualmente sobre su cartón, escuchó ruidos y se asustó. Trató de pensar que él también tenía un ángel protector. Pero no estuvo seguro de que lo tuviera.

A la mañana siguiente su vida se transformó.

Romper una bolsa de basura negra para ver lo que sale de allí es siempre apasionante. Pero era más excitante cuando venía una caja entera.

Alguien dijo que había encontrado un teléfono celular nuevo en una caja. Esta caja era de tamaño mediano y estaba atada con hilo. Alex vio la caja cuando salió de la bolsa. Esa caja lo llamaba, se apuró a acercarse para asegurarse de ser el primero. Otros dos pepenadores, un hombre mayor y un muchacho, también la habían visto y trepaban por la montaña de basura para agarrarla. Pero como no quería pelearse por la caja con dos más grandes que él la tomó en brazos, saltó del montón de basura y salió corriendo. Mientras corría se dio cuenta de que dentro de la caja había algo pesado que se movía de un lado para otro.

Solo detrás de las casitas de cartón se animó a pararse y a abrir la caja.

Dentro había un perrito.

Pero ver el cachorro no lo hizo prorrumpir en gritos de alegría, tuvo miedo. El cachorro estaba muy quieto dentro de la caja. Alex levantó el cuerpo liviano y se lo puso contra la mejilla. Estaba caliente y cuando le puso la mano en el pecho vio que el perro respiraba. Con mucho cuidado llevó al perro en brazos hasta el chorro de agua. Se llenó la mano de agua y le mojó la nariz. El perro abrió los ojos y lo miró con los ojitos redondos, brillantes y marrones. Y empezó a lamer el agua ávidamente.

Solo entonces Alex se animó a mirar al perro con atención. No era gordo ni lindo ni agradable como el cachorro de Margarita; este era debilucho y flaco. Blanco amarillento con tres manchas negras y orejas puntiagudas, pero tan flaco que se le veían las costillas a través de la piel. Se puso al perro por dentro de la camiseta, y se quedó allí, una bola caliente contra su estómago. Le buscó comida.

Encontró una tortilla de maíz tiesa. Se sentó en la tierra y empezó a darle de comer al perro con pequeños trozos. Después de tres pedazos el cachorro recostó la cabeza contra su rodilla y se negó a seguir comiendo. Pero Alex insistió. Le acarició el lomo, le habló y trató de tranquilizarlo, aunque estaba confuso.

Por último, tomó un trozo de la tortilla y lo masticó hasta ablandarlo, luego obligó al perro a abrir la boca; le siguió dando de comer. Alex sentía la lengua caliente del perrito en sus dedos.

El perro empezó a comer con apetito.

Cuando el cachorro de pronto movió débilmente la cola, Alex se rio tan alto y tan alegremente que todos los demás pepenadores que estaban cerca interrumpieron su búsqueda para mirarlo. Por la noche durmió dentro de su cartón con el perro muy apretado contra él.

Dogboy

Alex se despertó de pronto, congelado por el miedo y el frío de la mañana. El perro estaba todavía contra su estómago, pero ya no se sentía tan caliente como el día anterior. Parecía muy débil, no se podía morir, no lo permitiría.

Alex había encontrado muchos perros y gatos muertos en la basura. No quería que su cachorro corriera la misma suerte.

Levantó el cartón y salió a la luz fría de la mañana. El cachorro colgaba de sus manos, sin fuerza, pero él sentía que el corazón le latía. Alex se lo puso de nuevo por dentro de la camiseta para darle calor, y se fue a buscar comida para él y para el perro.

Uno puede encontrar de todo en un basurero. Antes de encontrar algo para comer, halló milagrosamente un plato para que el perro comiera de allí. Llenó el recipiente con agua del chorro. El perrito bebió y tuvo fuerzas para levantar la cabeza. Con el perro contra el cuerpo y el plato con agua, volvió al cartón en donde acostumbraba dormir. Puso el plato en el suelo y contempló orgullosamente su obra: empezaba a parecerse a una casa.

No le importaba tener hambre, pero tenía que encontrar algo para el perro. El sol se estaba levantando y los primeros camiones de basura llegaban, pero era tan temprano que todavía había pocos pepenadores. Pronto encontraría algo para el perro.

Entonces sucedió el segundo milagro del día. Cuando abrió la primera bolsa negra llena de basura y revolvió con su palo, encontró medio paquete con comida para perro. Douge, decía en la bolsa. Alex no sabía que había comida especial para perros. Pero como había una imagen de un perro comiendo esas bolitas que había en la bolsa, se dio cuenta de que se trataba de eso.

Tomó una de las bolitas y se la puso en la palma de la mano, se la acercó a la nariz del cachorro.

¿Pero por qué el perro tenía los ojos cerrados y no se movía? ¿Se estaría muriendo? ¡No, no se podía morir! El perro colgaba casi sin vida de su mano. Alex movió la mano con la comida, el perro se empezó a mover, olió la comida y se la comió.

Alex se rio con ganas.

Le dio otra que también se comió. Después de la tercera empezó a mover la cola.

Solo entonces se le ocurrió a Alex ver si el perro era macho o hembra.

Era hembra.

No se atrevía a darle un nombre porque si no podía conservarla y ya tenía un nombre, sería más doloroso perderla. Pensaba en la perrita como Cachorra o Perra o Mi Cachorra.

Ahora se la quería mostrar a Margarita, pero ella no había venido el día anterior. Tampoco vino ese día. Alex se preguntaba si sus perros se enojarían con la Cachorra. Pero ella no venía.

Después de una semana la Cachorra ya no estaba dentro de su camiseta, sino que caminaba por su cuenta y lo seguía a todas partes. Entonces a Alex le dieron su segundo nombre: Dogboy. El muchacho de los perros. Fue uno de los pepenadores que dijo:

—¡Miren! ¡Ahí viene Dogboy!

El nombre le quedó. Pronto la gente lo reconocía.

—¡Hola, Dogboy!

—¿Cómo va la vida, Dogboy?

Todas las mañanas, Alex se sentaba a esperar a Margarita. Esperaba verla llegar con su vestido rojo y rodeada de sus perros. Quería mostrarle a la Cachorra. Ella había encontrado tan buenos nombres para todos sus perros que él le quería pedir que encontrara un nombre para la suya. La perrita era tan fuerte y comía tan bien que él se atrevía a darle un nombre. Pero Margarita no venía. Como Alex no sabía dónde vivía, él mismo le buscó un nombre. Pensó y reflexionó, por fin supo cómo llamarla.

Se llamaría Emmy.

—Emmy, Emmy —la llamaba todo el tiempo para que se acostumbrara; la perrita empezó a reaccionar cada vez que él la llamaba, y corría hacia él.

—Es una perra increíblemente inteligente —le dijo a la vieja pepenadora Inés, ella que estaba convencida de que había un ángel acompañándola todo el tiempo.

—Es tan inteligente que enseguida se dio cuenta de que se llama Emmy.

Los seis nietos de Inés querían tocar a Emmy y acariciarla. Alex les acercó la perrita y les permitió tocarla, pero no los dejó jugar con ella. Tenía miedo de que fueran malos con ella. Nadie le haría mal.

Los días pasaron, Emmy creció y engordó, la piel le cubría ahora todo el cuerpo. Margarita no venía, pero de vez en cuando se veía a sus perros revolver en la basura. Era fácil reconocerlos. Como el primer perro, Lobo, había sido blanco con manchas negras, toda su descendencia era blanca con manchas negras. Pero Margarita no aparecía.

Alex seguía sus consejos: él juntaba las bolsas de plástico gruesas con la palabra *Aguazul*. Ya sabía reconocer los camiones que no traían nunca esas bolsas; eran los que venían de restaurantes y negocios. Buscaba cuando venían los camiones con la basura común de las casas. Ahí tenía más suerte. Todas las tardes tenía tantas bolsas para vender que podía darse el gusto de comprarle comida a una vendedora ambulante que iba por todo el basurero vendiendo. Compartía la comida con Emmy y ahorraba el dinero restante. En las noches lo guardaba debajo del colchón de cartón, y de día en los bolsillos; los billetes grandes, en los zapatos.

Ahora sabía para qué ahorraba.

Por las noches cuando se acostaba sobre sus cartones rotos y se tapaba con otro cartón tenía a Emmy en los brazos. A veces ella quería estar muy apretada contra su lado, otras veces se trepaba sobre la barriga. Como Alex se había dado cuenta de que la perrita prefería dormir sobre su estómago, trataba de dormir de espaldas y no de lado. Cada noche antes de dormir le hablaba. Aquí dentro de la casa de cartón nadie lo oía ni lo veía o le parecía extraño que hablara con su perra.

—Se me ha ocurrido una idea —le dijo una noche—. Cuando vivíamos al lado del mar, vivíamos en una ciudad que se llama Tela. Teníamos un perro, Blondie. Era negro con patas blancas y le colgaban las orejas. Era tan bueno y suave. Quiero que encuentres a Blondie. Mi papá me dijo que cuando nos mudamos le dio a Blondie a un vecino. Vamos a ir allí. Pero primero tengo que ganar más dinero porque el mar queda lejos y hay que viajar en autobús muchas horas.

La idea de viajar al mar con Emmy le hacía pensar que tenían un futuro. Algo para esperar. Pero antes de irse quería que Margarita viera a su perra.

Cada mañana esperaba con la perra al lado. Una mañana vino con el vestido rojo en el medio de sus perros. Las mejillas de Dogboy se colorearon

al verla. Margarita no estaba sola. Al lado de ella venía un muchacho mayor, con botas pesadas y pantalones negros y amplios.

Alex se había levantado y tenía a la perra en los brazos.

—Hola —gritó—. Mira lo que he encontrado en la basura —estaba tan ansioso que las palabras se le atropellaban—. Estaba en una caja. Se llama Emmy.

Lo único que Margarita hizo fue señalar al muchacho y decir:

—Es mi hermano.

—Andate —le dijo el muchacho a Margarita.

Margarita se quedó un momento inmóvil; era como si se encogiese. Se fue con la cabeza inclinada, rodeada de sus perros, en dirección a la montaña de basura. Los perros no saltaban alegremente esta vez.

—¿Así que sos vos el que me quitó el trabajo? ¡Soy yo el que junta bolsas *Aguazul*!

—Pero tú no estabas —dijo Alex y sintió que empezaba a tener miedo—. Yo puedo juntar otra cosa.

El golpe llegó de imprevisto. El primero lo alcanzó en el ojo derecho y Alex soltó a la perrita y se protegió el ojo dolorido con las dos manos. Entonces recibió la primera patada. Una bota pesada le pateó la barriga y él perdió el equilibrio y se cayó. Trató de protegerse de los golpes que siguieron. Las botas lo pateaban sin parar y el dolor relampagueaba por todo su cuerpo.

Alex quedó acurrucado en el piso, quejándose débilmente, pero sabía que no estaba inconsciente ya que sintió cómo el hermano de Margarita le revisaba los bolsillos y los zapatos. Le sacó los billetes y se fue caminando en dirección al montón de basura.

Al mar

Alex se revolcó en la tierra con las manos contra el estómago.

—Mamá, mamá —susurró.

No paró hasta que sintió dos patas contra el brazo y una lengua áspera y cálida que le lamía la cara. Entonces abrazó a la perra, diciéndole:

—¡Emmy, mi perrita linda!

Se paró con las piernas tambaleantes y buscó en los bolsillos. Toda la plata había desaparecido. Y los zapatos estaban también vacíos.

Allí, en ese camino polvoriento y envuelto en el humo blanco de la basura quemada se decidió a dejar el basurero. Sus ahorros habían desaparecido; aquí podía ganar dinero, pero el hermano de Margarita estaba también allí. Si le había pegado y robado una vez, podía hacerlo de nuevo.

Alex se fue rengueando hacia su cartón, debajo de este tenía una bolsa que había encontrado y en donde estaban las únicas cosas que quería conservar: dos pares de pantalones, tres camisetas y un cepillo de pelo. Hizo que Emmy tomara agua y guardó el recipiente también en la bolsa.

—Ven, Emmy.

Cuando llegó al cobertizo en donde atendían los compradores preguntó en qué dirección estaba el mar. Después de tres horas de espera pudieron subir a una camioneta que pasó.

—Ahora vamos en dirección al mar, Emmy.

Pero sus fantasías más secretas y profundas no se las confiaba ni siquiera a la perra. Mientras iba allí en la camioneta y el viento le alborotaba el pelo pensaba que volvían a su antigua casa, la casa en donde vivió cuando era muy pequeño. Su madre estaría en la puerta.

Los dejaron en el medio del campo. Luego de que saciaron la sed tomando agua en una cañada, empezaron a caminar por el camino vecinal. Alex se preguntaba si irían en la dirección correcta. Afuera de una casita, a la sombra de un gigantesco árbol de mango, un hombre viejo cortaba leña con un machete.

—Buenos días —le dijo Alex cortésmente—. Voy para el mar, para Tela. ¿Es el camino correcto?

—Sí, sí —dijo el viejo que tenía el pelo cortado muy corto y ojos brillantes—. ¿Cómo vas a ir?

—Vamos a ir caminando Emmy y yo —dijo Alex señalando la perra que estaba a su lado y que parecía escuchar con atención.

—Queda lejos. No van a llegar antes de la noche. ¿Tienen hambre? Mi mujer está preparando mondongo. ¿Te gusta el mondongo?

Alex, que a esa altura estaba enormemente hambriento, porque no había comido nada en todo el día, no se animó a otra cosa que a asentir ansiosamente con la cabeza.

Se sentaron en la cocina. Al lado del fogón, una mujer vieja revolvía en una olla grande.

—La sopa no está lista todavía —les dijo sin mirarlos ni saludar—. Tengan paciencia. Tiene que cocinarse por lo menos una media hora más.

El muchacho y la perra esperaban sentados a la mesa. El viejo también. Los aromas que salían de la olla los hacían mirar a la mujer y a la olla.

Finalmente el viejo empezó a hablar con voz lenta y baja.

—Cuando era chico, oí un cuento acerca de un niño que se te parece enormemente y de un perrito que seguro se parece a tu Emmy. ¿Quieres escuchar el cuento?

Alex quería oír el cuento, nadie le había contado jamás un cuento, no sabía lo que era un cuento.

—Había una vez un niño —comenzó el viejo a contar— que se llamaba Emilio. No era como tú porque él iba a la escuela. Vivía con su mamá. Vivían en el campo en una casita parecida a mi casa. Su mamá era pobre y no tenía marido, se mantenía ella y a su hijo lavando ropa para otros. Cada día después de la escuela Emilio iba al bosque con su honda. Con la honda le disparaba a las iguanas, a las palomas y a otros animales pequeños para que su madre hiciera una sopa con la carne.

Su maestro sabía que él pasaba todas las tardes en el bosque, y le preguntaba cada día:

—¿Las tareas, Emilio? ¿Has hecho las tareas?

Emilio había hecho las tareas.

Tenía una excelente memoria y le bastaba leer una sola vez para recordar casi todo.

Emilio quería dejar la escuela, pero su madre le había dicho que si continuaba la escuela y terminaba sexto año, le iba a regalar una escopeta. Voy a lavar todo lo que pueda y a ahorrar todo el dinero que pueda. Entonces quizás te compre una escopeta. Entonces, Emilio siguió en la escuela. El día en que terminó sexto año su madre le dio una escopeta.

Con la escopeta podía cazar venados y su mamá y él podían comer mucho mejor que antes. Tenían también más dinero, porque su madre podía vender una parte de la carne en el pueblo vecino y en la ciudad.

Un día sucedió que Emilio, que estaba afuera, cazando, pasó muchas horas sin encontrar un solo venado. "Entonces cazaré un pájaro", pensó, "quiero llevar alguna carne para mi madre". Finalmente vio un hermoso pájaro, pero cada vez que levantaba la escopeta para apuntarle el pájaro se levantaba y volaba para otra rama. De esa manera se alejó bastante de su casa, pero no se quería rendir, estaba firmemente decidido a dispararle a ese pájaro tan difícil de cazar. Entonces oyó una voz ronca, un hombre que decía:

—Yo voy a ser el primero en tenerla.

—No, yo soy el jefe, me toca a mí —oyó otra voz profunda.

¿Qué era esto?

Emilio se acercó disimuladamente y cuando miró por entre los arbustos vio a una jovencita rodeada por una pandilla de hombres grandes, feos y sucios. Emilio no sabía que la niña era la princesa del país y que la habían secuestrado unos bandidos. Emilio levantó la escopeta y tiró al aire; cuando los hombres oyeron el tiro pensaron que eran los soldados del rey que venían a rescatarla y se fueron corriendo todo lo rápido que podían.

En el medio del claro estaba Rosalí.

Emilio le preguntó a la muchacha si quería ir con él a su casa. Ella dijo que sí.

El camino era largo y anocheció antes de que llegaran.

—Hola, hola —gritó Emilio para anunciarle a su madre que venía.

—¿Pero cómo vienes tan tarde, muchacho? —le dijo su madre que había estado muy inquieta.

—Levántate de la cama y vas a ver, traigo una sorpresa.

Su anciana madre se levantó de la cama y salió. Se asombró mucho al ver que su hijo tenía con él una chica joven y hermosa. Emilio tenía una perra. Era una perrita que se llamaba... Emmy. La perrita Emmy no sabía qué hacer para mostrar su alegría. Pero no corrió hacia Emilio como acostumbraba a hacer sino que saltó a las rodillas de la niña y le lamió la cara.

Tanto la mamá como la perra de Emilio quisieron a la jovencita desde el primer momento.

Y Emilio también.

Pero Rosalí no les contó que era la hija del rey del país y una princesa de verdad.

Parece increíble que una verdadera princesa se sienta a gusto en la casa de una pobre lavandera en el campo, pero ella lo pasaba muy bien. Era muy feliz con Emilio, su mamá y la perrita.

Un día cuando Emilio iba a ir a la ciudad, Rosalí le pidió que comprara una tela bonita.

—Bordo muy bien —dijo la princesa.

Cuando él trajo la tela, ella le cosió un vestido a su suegra y le bordó hermosas flores y pájaros. Nadie en el pueblo había visto un vestido más hermoso.

El papá de Rosalí, el rey, se negaba a aceptar que su hija estuviera muerta, estaba convencido de que la habían raptado y que vivía encerrada en algún lejano lugar del país. Por eso invitó a una compañía de acróbatas y les dijo que recorrieran el país y que actuaran gratis para la gente. Pero antes de que se fueran el rey les mostró lo que Rosalí

había bordado, porque él estaba convencido de que nadie bordaba tan hermoso y tan creativamente como ella.

—Si ven ropa que está bordada de esta manera sabrán que mi hija está cerca y entonces me la traerán. Y si la traes, le dijo al jefe de los acróbatas, te prometo que te vas a casar con ella.

—¿De verdad? —preguntó el acróbata.

—Tienes mi palabra —dijo el monarca.

La mamá de Emilio oyó que un grupo de acróbatas iba a actuar en el pueblo cercano y que no iba a costar nada, ya que el rey les pagaba. Se puso la ropa más bonita que tenía: el vestido cosido y bordado por Rosalí. Rosalí no quiso acompañarla. Se quedó en la casa con la perrita. Emilio no estaba en la casa, estaba cazando y no regresaría hasta tarde por la noche.

Cuando la anciana fue al pueblo los acróbatas vieron enseguida que estaba vestida con un vestido bordado por la princesa desaparecida.

Emilio volvió esa noche. Cuando se acercó a la casa vio a su madre en el umbral de la puerta y se retorcía las manos. Estaba desesperada y le dijo:

—Imagínate que Rosalí está enferma. Tienes que ir a buscar al cura. Dice que se va a morir y que tiene que confesarse.

Emilio se angustió y se apuró en la oscuridad. Era una noche extrañamente oscura y cuando por fin llegó a la casa del cura y lo pudo despertar, el cura se negó a acompañarlo. —Está demasiado oscuro —dijo—; esperemos hasta mañana temprano.

No se fueron hasta la mañana siguiente. Cuando llegaron su madre estaba en la puerta, llorando, y les dijo:

—Imagínense, Rosalí ya está muerta y enterrada.

Emilio despidió al cura y le pidió a su madre que le mostrara la tumba de Rosalí. Lloraba, no se podía consolar, no sabía si quería seguir viviendo. Pero quería ver a su amada una vez más. Por eso empezó a excavar. Cavaba y cavaba, pero no encontró ninguna jovencita muerta en la tumba, solo un balde.

Emilio, que se dio cuenta de que su propia madre lo había engañado, se enojó mucho. En el camino a la casa pensó en matarla, pero antes de que pudiera hacer algo tonto, ella le contó lo que realmente había pasado. Los acróbatas habían visto su hermoso vestido bordado y la siguieron a su casa, se metieron con ella en la casa y dijeron que se iban a llevar con ellos a la muchacha que había bordado el vestido. Los hombres la amenazaron con sus fusiles y obligaron a Rosalí a acompañarlos.

—Inventé eso de que se había muerto para impedir que te fueras detrás de ellos y te pelearas. Son veinte por lo menos. Antes de que Rosalí se fuera dejó unos anillos que le había dado su padre. Quería que los conserváramos como un recuerdo de ella. Se llevó a tu perra. Dijo que la quería como un recuerdo tuyo.

—Deme su bendición, madre, porque voy a seguirlos —dijo Emilio—. No puedo vivir sin Rosalí.

Se abrigó, tomó la escopeta y se fue.

¿Pero adónde iría? No sabía dónde vivía Rosalí.

Escaló una montaña y llegó a un llano. Allí encontró un hombre muerto. Alguien le había cortado los brazos. Emilio encontró unas ramas y cavó una fosa profunda en donde lo enterró. Hizo una cruz con unas ramitas y la puso en la tumba y puso unas piedras arriba, para que los coyotes y los zorros no se comieran al muerto.

Cuando estuvo listo siguió su camino. Llegó a una montaña realmente alta, iba muy alerta porque allí había pumas y jaguares y la víbora venenosa a la que le dicen barba amarilla. Pero lo peor era que no tenía la menor idea de en qué dirección tenía que caminar para encontrar a Rosalí.

Siguió caminando sin rumbo y llegó a un mar. Mar adentro vio una mancha negra. La mancha aumentaba de tamaño y finalmente vio que se trataba de una lancha. En la lancha vio hombres que remaban, y en la proa estaba Rosalí.

Ella lo vio en la playa, con su escopeta al hombro, y lo reconoció enseguida.

Para el asombro de los marineros ella se tiró al agua y empezó a nadar hacia la playa. Pero los marineros se lanzaron al agua también y atraparon tanto a Rosalí como a Emilio y los llevaron al barco que los esperaba mar adentro.

A bordo estaban los acróbatas y el jefe de los acróbatas. Iban a llevarle su hija al rey. Pero el jefe de los acróbatas, que había calculado en casarse con la princesa, vio lo enamorados que estaban Rosalí y Emilio. Iban de la mano, se miraban a los ojos y se susurraban palabras al oído. El jefe de los acróbatas se puso muy celoso y decidió librarse de Emilio.

—Me he enterado de que te gusta cazar. A mí me gusta también. Y no tenemos mucha comida a bordo. ¿Quieres acompañarnos a tierra a cazar?

—No lo hagas —le susurró Rosalí—, puede ser peligroso.

—Pero lo he prometido —dijo Emilio y se fue—. Se fueron remando en la lancha y todos los hombres tomaron diferentes direcciones para buscar venados. Cuando Emilio volvió la lancha había desaparecido y el barco se había ido. Se dio cuenta de que lo habían engañado.

—Pero la vi a Rosalí, la toqué, sé que vive. Seguiré a pie.

Escaló con dificultad otras montañas muy altas.

Un día, cuando el sol había desaparecido vio la luz de una hoguera, abajo en el valle. A medida que la oscuridad crecía, la luz del fuego se hacía más clara. Cuando llegó a la hoguera encontró a un hombre allí sentado, tocando el clarinete.

—Bienvenido, Emilio, acércate al fuego —le dijo el hombre desconocido. Emilio se asombró, ¿cómo podía saber el hombre cómo se llamaba?

—Entra a la casa y come algo —dijo el desconocido, pero tienes que apurarte porque no tengo tiempo que perder. Voy a dirigir la orquesta que va a tocar en la boda de la princesa Rosalí.

Ya para ese entonces Emilio se había dado cuenta de que su amada no era una chica cualquiera sino la hija del rey.

—Lléveme a la boda —le dijo—. No tengo ningún dinero, puedo pagarle solo con mi vida.

—Está bien —dijo el desconocido—, pero debemos darnos prisa.

Llegaron al castillo en donde la boda se iba a celebrar. Había guardias por todas partes. Pero cuando el primer guardia vio al director de la orquesta les dijo a los otros:

—Estos son los músicos que van a tocar en la boda, déjalos entrar.

Entraron a un gran salón iluminado por miles de velas. Los invitados ya se habían sentado en los bancos.

—Te tengo que dejar —dijo el hombre—; tengo que ir a la orquesta, vamos a empezar a tocar. La boda comenzará en cualquier momento.

Y allí estaba Emilio, entre los invitados vestidos de fiesta, algunos lo miraron. ¿Qué hacía él allí, vestido con la ropa gastada de un campesino? En ese momento llegó la princesa Rosalí al salón. Estaba vestida con un vestido blanco y brillante y en los brazos llevaba la perra, su perra Emmy. Emilio le quería decir a Rosalí que él estaba allí, pero no podía acercarse por la cantidad de gente. Por eso llamó a la perra:

—Emmy —le gritó, esperando que la perra lo oyera.

La perra no lo escuchó.

Pero sí lo hizo uno de los guardias, que se le acercó y lo tomó fuertemente del brazo. Por suerte otro guardia dijo:

—¡Suéltalo! Vino con el director de la orquesta, seguro que es uno de los músicos. ¡Déjalo!

El guardia lo soltó. Pero apenas se dio vuelta Emilio llamó a la perra, esta vez gritó más fuerte. Y la perra lo oyó y saltó de los brazos de la princesa y se metió entre la gente, ladrando. Cuando llegó a donde estaba Emilio dio un salto a sus brazos y le empezó a lamer la cara.

La princesa dejó el lugar en donde el sacerdote estaba a punto de casarla y llegó donde estaba el joven con la ropa rota; estaba allí con su perra en los brazos. Ella tomó a Emilio de la mano y lo llevó donde estaba el rey.

—Papá, este es el hombre con el que me quiero casar. Él me salvó cuando me secuestraron. Este es Emilio, del que te he hablado tanto. Lo amo, padre. Y la perra Emmy es suya. Me la traje conmigo porque quería tener un recuerdo de nuestro gran amor. Pero ahora la providencia me lo ha traído de vuelta.

El rey se acarició la barba y frunció las cejas, pensaba, todo el salón estaba en silencio. Finalmente dijo:

—Entonces lo mejor es que te cases con él, pero para no defraudar al jefe de los acróbatas que sea él el padrino de sus hijos. Sigamos con la boda —gritó el rey—. ¡Música, maestro!

Los músicos tocaron y Emilio y Rosalí se casaron. Todos comieron y bailaron hasta la madrugada. La perra Emmy estuvo presente todo el tiempo, comía los bocados más ricos de la mesa y corría entre los que bailaban. Cuando la fiesta terminó y los músicos estaban por irse, Emilio se acercó al director de la orquesta. Le agradeció que lo hubiese traído a la boda.

—Escucha Emilio —dijo el músico cuando se aseguró de que nadie los oía—. No soy el que tú crees. No soy un hombre vivo. Soy el hombre asesinado que enterraste, el de los brazos cortados. Hasta una cruz pusiste en mi tumba y piedras sobre ella para que ningún coyote se comiera mi cuerpo. Me hiciste un favor. Por eso te devolví el servicio. Así de sencillo. El que hace una buena acción siempre recibe una recompensa alguna vez en la vida, porque la bondad es contagiosa. Piensa en eso cuando seas un príncipe.

Así terminó la historia que el viejo contaba.

—¿Cómo era la perra? No contaste eso —dijo Alex.

—Era chica —dijo el viejo. Creo que se parecía a tu Emmy. Era blanca, una perrita blanca y amarilla con manchas negras y orejas puntiagudas.

—¿Dónde viven ahora?

—No sé, no existen de verdad. Era un cuento, ¿entiendes? ¿Tú sabes lo que es un cuento? Tu mamá te contaba cuentos, ¿verdad?

—No.

—Un cuento es algo inventado.

Mientras el viejo contaba su historia, su mujer había puesto tres platos hondos en la mesa. Y ahora traía la olla que despedía un olor delicioso; le llenó a Alex el plato hasta el borde con mondongo. Se comió el primer plato rápido y sin pensar, luego se avergonzó y preguntó si le podía dar algo a la perra. Sacó orgullosamente el recipiente de su mochila y se lo mostró a los viejos. La anciana lo llenó y lo llevó afuera, al patio. Y sacó uno de los huesos de la olla y lo puso al lado del plato de la perra. Emmy disfrutaba y gruñía un poco mientras comía.

Alex se comió la segunda porción más lentamente. Intentaba identificar todos los ingredientes. Había mondongo de vaca, huesos con carne, zapallo, yuca, cebolla, tomates, berenjenas, elotes, pimiento verde, ayote, ajo y perejil. No creía

haber comido algo tan exquisito en toda su vida y
se comió otro plato. La vieja lo miraba contenta. Y
su marido la miró y dijo en broma:

—¡Me casé con ella porque hace el mondongo tan rico!

Luego la mujer preparó tres camas en la cocina y le dijo a Alex que se podía quedar a pasar la
noche allí, pero la perra tenía que dormir afuera
porque ella no quería pulgas en la casa. Alex sintió
que Emmy se quejaba un poco cuando cerraron la
puerta de la casa y ella se quedó afuera. Se quedó
en la cama, pensando en la historia que el viejo le
había contado. Emmy ya no se quejaba. Era un invento, el viejo lo había dicho. Pero él, Dogboy, quería que fuera de verdad. Quería encontrar a Emilio
y a la princesa y a su perrita blanca que se parecía
a Emmy. Quizás vivían al lado del mar ahora.

Cuando oyó que la vieja pareja roncaba se
levantó en puntas de pie y dejó entrar a Emmy.
Muy temprano por la mañana los viejos se despertaron y vieron que el muchacho dormía con la
perrita en los brazos, pero no le dijeron nada cuando se despertó.

¡Huracán, alerta roja!

La pareja de ancianos no tenía televisión, la radio se había roto y el vecino más cercano vivía lejos, así que no se enteraron de la alerta que se dio en todo el país esa mañana.

"¡Alerta roja! ¡Alerta máxima!", se oía por los altoparlantes en todas partes, en la radio y en el televisor.

"¡El huracán Mitch va camino de Honduras! ¡Es uno de los huracanes más grandes de los últimos cien años! El huracán Mitch ha pasado por México y Belice y ocasionado terribles destrozos.

Se mueve hacia el sur a gran velocidad y se acerca a Honduras. ¡Alerta roja! ¡Alerta máxima!".

Alex desayunó antes de irse. A Emmy le dieron un hueso con carne que royó en el jardín. Cuando Alex dijo que él y la perra se tenían que ir, que iban para el mar, le dieron provisiones para el viaje, una cantidad de tortillas de maíz y tres huesos envueltos en un plástico para la perra.

—Un día, cuando tenga una novia, voy a volver a visitarlos —les dijo al despedirse—. La voy a traer para que aprenda a cocinar el mondongo más rico del mundo.

La vieja se rio, desdentada.

Se fue por el camino que serpenteaba en dirección a la carretera. Parecía tener suerte ese día ya que apenas había caminado un poco cuando un camión se detuvo y le permitió subirse atrás. Se sentó en el suelo de la carrocería con la espalda contra la cabina del chofer y Emmy en sus rodillas. El conductor del camión le había dicho que iba para Tela. Tenía mucha suerte hoy. Era allí adonde quería ir. Ahí había nacido y allí había vivido con su madre y su padre en una casa cerca del mar.

—Pronto vas a encontrar a Blondie —dijo en voz alta sin dirigirse a nadie en particular.

Alex estaba muy contento. Silbaba. Cantaba. Cuando el primer viento le llegó a la cara y las primeras gotas lo mojaron ya estaba perdido en una fantasía. Él y Emmy estaban en la ciudad de Tela. Iban caminando al lado del mar bordeado de altas palmeras. El mar está completamente tranquilo y es de color azul turquesa. Se acercan a la casa en donde vivió de pequeño. La mata de hibiscos brilla con sus flores rojas. La puerta está abierta y él entra sin golpear. Al lado de la cocina hay una mujer de espaldas, se da vuelta. ¡Su madre! Es hermosa, le brilla el rostro y le grita: "Alex, volví a buscarte pero no estabas. Te he buscado por todas partes. Le pedí a la policía que me ayudase, pero nadie te encontró. Por eso me decidí a esperarte en nuestra vieja casa. ¡Te he esperado tanto!".

El viento era cada vez más fuerte y la lluvia ya no eran solo gotas. Su ropa estaba empapada pero no le impedía a Alex pasar de nuevo la película que tenía en la cabeza, siempre terminaba con eso de que su mamá lo había esperado tanto tiempo.

En toda Honduras se alarmaba a la población por el huracán Mitch. En la ciudad al lado del mar adonde Alex se dirigía, los bomberos hacían rondas con todos los carros que tenían, y por los altoparlantes anunciaban que un huracán gigante se acercaba.

"Tienen que dejar sus casas e ir a la escuela más cercana. Las escuelas van a funcionar como refugios. Allí hay colchones y comida. Los que viven en Las Brisas, El Paraíso y San José deben dejar inmediatamente sus casas".

Algunos de los autos de los bomberos iban a toda velocidad a las casas de los que vivían al lado del mar y les explicaban que tenían que evacuar las casas enseguida e irse hacia las colinas. El huracán Mitch iba a estar sobre ellos en unos segundos y el mar iba a subir y se corría el riesgo de que las casas se derrumbaran.

Cuando empezó la lluvia cerraron todos los negocios y los bancos y la gente empezó a obedecer las advertencias de los bomberos. Corrían por entre la lluvia con bultos en la cabeza y niños en los brazos. Algunos llevaban jaulas con pájaros, gatitos, gallinas, cachorros, cuyes. Y a medida en que la lluvia aumentaba, la gente sentía más pánico.

La lluvia era ahora tan fuerte que Alex dejó de fantasear, ahora tenía que tratar de respirar. Se agachó sobre la perrita para protegerla con su propio cuerpo, bajó la cabeza para evitar la lluvia en la cara.

El camión se detuvo y el chofer le golpeó en la ventana haciéndole señas de que entrara a la cabina. Alex se bajó de la carrocería del camión y se metió tambaleando a la cabina. El chofer arrancó de nuevo el camión. A Alex le temblaban los dientes, estaba empapado. Emmy tenía un fuerte olor a perro mojado y también temblaba de frío. Alex esperaba que al conductor no le molestase el olor a perro.

—¡Qué lluvia del infierno!

El chofer había manejado desde la noche anterior y no tenía radio en el camión. No sabía entonces que las primeras lluvias y los primeros vientos del huracán habían llegado ya a Honduras. El huracán Mitch venía del norte y asoló a Honduras con una terrible furia. Los vientos huracanados arrancaban los árboles con sus raíces y hacían volar a las gallinas, los techos y los cerdos. Pero la peor destrucción la causaba la lluvia. Las masas de agua se llevaban las casas y los puentes, ahogaban las plantaciones de café y hacían que la tierra se desprendiera de las montañas y se precipitara en los ríos.

El hombre del camión no sabía nada de la catástrofe que había descendido sobre el país, pero manejaba ahora muy despacio, agachado sobre el volante, intentando ver algo. Era casi imposible. El agua caía en cascadas por las ventanillas y los limpiaparabrisas no alcanzaban para detenerla. Las ráfagas de viento empujaban al camión a ambos lados del camino, pero el camión se sostenía.

De pronto el chofer detuvo el camión con una frenada, abrió la puerta y saltó afuera. Alex vio que corría con la cabeza entre los brazos y desapareció. Cuando volvió estaba empapado y tembloroso.

—Santa María Madre de Dios, ¡qué suerte que tuvimos! Se me ocurrió que había algo delante del camión y frené de golpe. Si no me hubiera detenido nos hubiéramos caído en un hoyo gigantesco. El camino ha desaparecido, lo único que hay es un gran hoyo. No se puede seguir manejando. Y no puedo regresar. Creo que lo mejor es quedarse dentro del camión. Te puedes quedar también.

Alex no se quería quedar dentro del camión, aunque la lluvia afuera parecía terrible. Quería seguir, quería llegar al mar. Por un momento fugaz pensó que quizás su madre estaba en su vieja casa y necesitaba ayuda. Luego se avergonzó, era todo un invento, ¿cómo había dicho el viejo que se decía? Sí, eso era, un cuento. Pero él quería ver la casa en donde habían vivido. Y quería encontrar a su viejo perro Blondie. Quería que Blondie y Emmy se encontrasen.

—Creo que voy a seguir de todas maneras —dijo—. ¿Falta mucho para Tela?

—No, para nada, algunos kilómetros no más.

Alex saltó del camión, la lluvia lo golpeó y los pies se le hundieron en el barro. Llevaba la cachorrita en los brazos. La lluvia le golpeaba la cara y le hacía difícil ver algo; apenas se había alejado del camión cuando se dio vuelta y vio que el resto del camino desaparecía. El gran camión azul se iba cayendo, se resbalaba, barranco abajo. La lluvia no lo dejó ver más. Pero antes de que pudiera decidir qué hacer, oyó una gran explosión y durante unos espantosos segundos vio llamas que se abrían paso por entre el agua.

Alex vomitó.

Cuando se enderezó y se limpió el vómito con la manga del suéter, pensó que no podía hacer nada. El conductor no podía haberse salvado. No puedo hacer nada. No vale la pena que intente bajar al barranco a ver. No hay nada por hacer...

El viento lo arrastraba.

Ramas, hojas sueltas, arena y piedras lo golpeaban y le hacían daño. Una piedra golpeó a Emmy, que chilló de dolor.

Alex se agachó para resistir al viento, seguía con la perrita en los brazos, la bolsa todavía al hombro. Abrió la cremallera y tiró al suelo la ropa que había traído del basurero; ahora el bolso tenía suficiente espacio para proteger a Emmy. La metió en el bolso y la cerró con la cremallera. Solo la cabeza salía. La perrita gemía todo el tiempo y Alex seguía en el medio del huracán.

Y el viento aumentaba en fuerza.

Una mata de banano entera vino volando. Y más ramas. Era peligroso, tenía que encontrar una protección, contra el viento, y contra el agua, que ahora subía de la tierra y lo hacía hundirse en el barro. Alex quería correr pero no podía, el barro le llegaba a las rodillas y solo se podía mover muy lentamente.

Entonces vio algo oscuro a través de la lluvia.

Subió la mano y se la puso delante de los ojos como un visor para tratar de ver. Parecía una casa. La perrita chillaba, pero a él le volvieron las fuerzas. Siguió vadeando por entre el barro sin caerse y llegó a lo que en verdad era una casa. Empujó la puerta. El piso de la cocina estaba cubierto de agua y de lodo. También aquí el barro y el agua le llegaban a las rodillas, miró a su alrededor y vio un armario verde. Trepó a lo más alto del armario y

puso su bolsa al lado. Acarició a la perrita temblo-
rosa y gritó:

—¿Hola, hay alguien aquí?

—¿Hay alguna persona aquí?

Nadie respondió.

No oyó ninguna voz. Lo único que oyó fue
el ruido de los vientos huracanados aullando afuera, llevándose los árboles y los techos. De tanto en
tanto un mango o una rama golpeaban contra el
techo.

Y el agua y el barro dentro de la casa seguían
subiendo.

Y el agua y el barro subían

¿Qué se puede hacer cuando uno está trepado en lo más alto de un armario y no hay otra cosa que hacer más que oír cómo la lluvia golpea sobre el techo de lámina y objetos desconocidos caen sobre el techo y contra las paredes de la casa?

A Alex no se le ocurría nada por hacer.

No cantaba, no silbaba, no hablaba con la perra. Solo miraba el agua que se metía por un agujero del techo de la cocina, y el agua y el barro que se metían por entre las grietas del piso de la casa. Tenía la cabeza vacía de pensamientos y estaba paralizado.

Solo cuando Emmy se quejó y arañó la bolsa se dio cuenta de que tenía hambre y él también se acordó de comer. Masticó lentamente una tortilla de maíz y le dio otra a Emmy, mientras el agua y el lodo seguían subiendo.

Cuando entró en la casa el agua llegaba a la mitad de las patas de las sillas.

Ahora había llegado a los asientos.

Ahora no se veían ni los asientos.

Cuando ninguno de los asientos de las tres sillas de la cocina se vieron más, se dio cuenta de que se tenían que ir si no querían morirse ahogados en la casa. Pero afuera el agua estaba igualmente alta. A través de la ventana, que era solo una pequeña abertura, vio remolinos de agua marrón. Probablemente había un río cerca y se había desbordado.

Como la casa era una construcción sencilla de un solo piso sin nada arriba, no podía subir más.

¿Adónde podían irse?

—Estoy tan triste —le dijo a la perra—. Estoy realmente muy triste.

Levantó a la perra, le dio un beso en el hocico frío y la metió del todo dentro de la bolsa, la cabeza también; cerró la cremallera. Los ladridos ahogados de la perra se oían desde dentro de la bolsa y a Alex le dolía escucharla.

Se puso la bolsa en la cabeza y saltó desde lo alto del armario. Con una mano sostenía la bolsa en la cabeza y con la otra se sostenía del armario. Hundió lentamente los pies en el barro del piso, le llegaba a las rodillas. Era como si lo chuparan desde abajo. Con sus últimas fuerzas consiguió levantar un pie y dar un paso y luego otro. Se dirigía a la ventana.

Cansado y con las piernas temblorosas llegó a la ventana abierta y se deslizó hacia afuera, siempre sosteniendo la bolsa. Dentro de la bolsa no se oía ningún sonido. ¿Y si la cachorra se había asfixiado? No se animaba a mirar, se colgó la bolsa del cuello y empezó a trepar hacia arriba con la bolsa sobre la espalda. La lluvia seguía cayendo con intensidad mientras él seguía trepando hasta llegar al techo de lámina.

Se arrodilló y abrió el cierre de la bolsa. Vio que la cachorra amarilla y blanca se movía. No estaba asfixiada ni muerta. ¡Se movía! Pero Emmy no lo miraba, había conseguido romper la bolsa de plástico que la mujer le había dado y se estaba comiendo un hueso con carne.

Mojado y con frío, Alex se enderezó. El viento ya no era tan fuerte y podía estar parado, pero la lluvia seguía implacable. Miró a su alrededor pero no vio nada. Estaba oscureciendo y lo único que veía eran árboles caídos y agua marrón que se arremolinaba.

—¡Auxilio! —gritó—. ¡Estoy en el techo!

Esperó atento a todos los ruidos, pero solo oía el agua y el viento. El ruido del agua lo engañaba y le hacía creer que eran voces de gente que venían en su ayuda.

—¡Estoy en el techo! —gritaba, aun después de que había oscurecido.

Seguramente se había dormido; se despertó de un tirón. Algo había cambiado, estaba todavía sobre el techo de lámina con la perra en la bolsa, pero la lluvia había cesado y debajo de él sintió que la casa se movía y temblaba; se movía de lado a lado. Luego ocurrió algo maravilloso y terrible al mismo tiempo. La casa se desprendió de sus cimientos y empezó lentamente a deslizarse en la corriente de agua. Alex seguía sentado en el techo con la bolsa, con la perra en las rodillas. Era imposible ver algo, la oscuridad era total, pero sentía que la casa se movía suavemente y se balanceaba.

Alex se rio. La casa era ahora un barco e iban para el mar, pero cuando sintió que la casa se inclinaba peligrosamente le dio miedo y su alegría se transformó en terror. Selló el cierre de la bolsa con la perra, y de nuevo se la colgó del cuello. Intentó seguir agarrado al techo. La casa se inclinó aún más. Pronto llegarían al agua. ¡Si pudiera nadar mejor! De repente un recuerdo de infancia surgió en su mente, algo de lo que no se quería acordar. Había aprendido recientemente a nadar y se estaba bañando en el río San Juan. Trató de imitar a los muchachos grandes y nadar debajo del agua, pero se enganchó en una rama y no podía subir a la superficie. Tenía la cabeza debajo del agua y no podía respirar. Su papá estaba con él y lo vigilaba desde la playa. ¿Por qué no venía a buscarlo? Todo era negro pero de alguna manera apoyó los pies en algo y se pudo liberar de la rama.

Cuando sin aliento llegó arriba vio que su padre estaba de espaldas a él hablando con alguien. Desde ese día no quiso ir más a nadar y a bañarse al río. ¿Qué pasaría si Emmy y él caían al agua?

La casa se inclinaba más todavía y se hundía. Solo había medio metro entre el techo y el agua.

De pronto la casa se detuvo, giró sobre sí misma, se dio vuelta y Alex vio que la casa había quedado detenida por un árbol gigantesco. Una rama lo golpeó y Alex se agarró a ella; se quedó colgando de la inmensa rama mientras el agua borboteaba a su alrededor. Seguía con la bolsa al

cuello. Tanteó la tela para ver si la cachorra se movía y sintió que la perra le mordía el dedo. Debería
sentir alegría pero no sintió nada.

La lluvia volvió a caer despiadadamente y
la casa se desprendió del árbol perdiéndose en la
noche oscura.

El muchacho en el árbol

Alex no veía nada por el agua que le corría por la cara y por la gran oscuridad. Pero se dio cuenta de que estaba colgando de la rama de un árbol. Se pudo poner "a caballo" sobre la rama. La bolsa con la cachorra le pesaba mucho. Se la puso en la espalda para poder moverse con libertad. Creyó ver en la oscuridad algo más compacto y más grande delante de él.

Debía ser el tronco del árbol.

Eso esperaba.

Allí tenía que llegar.

Puso las manos a cada lado de la rama e intentó avanzar deslizándose sobre ella hacia delante. Centímetro a centímetro avanzaba. No quería ni pensar en que debajo de él se deslizaba la corriente de agua. No la veía, pero la oía y el ruido era terrible, golpeaba cuando encontraba el tronco del árbol en donde él estaba trepado.

Dentro de la bolsa se oía el ruido ahogado de los ladridos de Emmy. Como estaba encerrada en la bolsa, los ladridos eran agudos y de miedo. Pero él no podía abrir la bolsa y consolarla. Tenía que seguir adelante. La perra ladraba histéricamente mientras él seguía avanzando despacio. No se podía caer. No se podía caer porque sabía que era el fin de los dos.

Finalmente llegó al tronco del árbol; sus manos cansadas buscaron la gruesa corteza. Intentó rodear el tronco con los brazos pero no pudo: era muy grande. Y se dio cuenta de que no era un árbol arrancado por el agua, yendo a la deriva, sino un árbol grande que todavía estaba bien fijo en la tierra con sus raíces profundas.

Una imagen le vino a la cabeza. Un hombre solo en un árbol, durmiendo. Cuando todavía iba a la escuela, sus maestros habían llevado un libro. *Robinson Crusoe* se llamaba. El maestro había

leído el libro en voz alta y mostrado las ilustraciones. De lo que se acordaba más claramente era de que Robinson Crusoe se había trepado a un árbol para dormir porque tenía miedo de los animales salvajes. ¿Pero qué decía el libro? ¿Se había caído el hombre del árbol mientras dormía?

Alex estaba tan agotado que tiritaba de frío; estaba mojado, temblaba de cansancio y de miedo. Pero el pensar en Robinson Crusoe lo animó. El hombre del libro había sobrevivido. Y él no pensaba en caer del árbol. Como tenía miedo de que el agua subiera más trepó más alto. La oscuridad era tan espesa como una tela negra; trepar era como ir a ciegas. No veía nada.

Por último subió dos ramas más. Y entonces hizo lo que recordaba que Robinson Crusoe había hecho: se sentó en la horqueta de la rama con la espalda contra el tronco y la bolsa con la perra en las rodillas. Pero no se quería caer como se había caído Robinson. Por eso se sacó el cinturón, se lo ató alrededor de la muñeca, a través de las asas de la bolsa y alrededor de la rama en donde estaba sentado. Si se dormía y se resbalaba se iba a quedar colgando de un brazo y la bolsa con la perra no se caería al agua.

Extrañamente, se durmió y no se despertó en toda la noche. En la madrugada el frío lo despertó.

Dentro de la bolsa no se oía ningún ruido. Los pensamientos le corrían como ratones y abrió el cierre de la bolsa. ¿Por qué estaba tan callada? ¿Por qué no la había mirado en la noche? Primero había ladrado y luego se había quedado en silencio. Y él no había abierto la cremallera y mirado.

Con las manos temblorosas abrió la bolsa y metió la mano. La mano recorrió una piel suave y caliente y él acarició la cabeza de la perra hasta el hocico y una lengua cálida le lamió la mano.

—Tú y yo, Emmy —dijo en voz alta—. ¿Te imaginas lo que ha pasado? ¡Vivimos en un árbol!

Compartieron la última tortilla de maíz. Cuando se terminó le dio a Emmy el último hueso con carne. Cuando pensó que ella se había comido la mitad se lo sacó y se comió el último pedazo.

La mañana era gris, el viento era de nuevo normal y la lluvia era ahora suave. Pero debajo de ellos el agua seguía corriendo como un torrente. Árboles enteros venían con el agua. Bosques de café con los frutos brillantes. Trozos de madera. Un pedazo de un barco. La parte de una casa. Un gato muerto. Dos vacas muertas...

—Pronto va a venir alguien a rescatarnos —le dijo a Emmy en voz alta e intentó que la voz le sonara optimista.

No se podían mover y el tiempo pasaba. No vieron una sola persona.

A medida que pasaba el tiempo, Alex tenía más hambre. Empezó a tener fantasías sobre la sopa de mondongo que había comido en la casa de la anciana. Veía la sopa delante de él. La podía oler. Movía las mandíbulas haciendo como que comía. Ahora masticaba el estómago de la vaca, tan rico, y ahora se comía un zapallo y un poco de frijoles y de tomates; ahora se comía un hueso lleno de carne jugosa...

Por la tarde estaba convencido de que nunca había ansiado un plato de comida como ese en toda su vida. No aguantaba más, metió a Emmy dentro de la bolsa, la colgó de una rama, se trepó a otra, llegó a la punta del árbol y desde allí gritó:

—¡Mondongo!

—¡Mondongo!

—¡Mondongo!

Alguien lo tenía que oír.

Alguien debería de entender que en ese árbol había un muchacho hambriento y su perra también.

Pero nadie vino.

Bajó hasta donde estaba la bolsa con la perra.

Tenía una sed enorme. Lo único que había encontrado en el basurero, que todavía le quedaba, era el plato de la perra. Lo sacó de la bolsa y bajó donde estaba el agua marrón.

Llenó el recipiente con agua y bebió ávidamente; lo llenó de nuevo y se lo llevó a la perra, que también bebió.

Enseguida tuvo dolor de barriga y diarrea. Tener diarrea en un árbol tiene sus ventajas, lo único que necesitaba hacer era bajarse los pantalones y dejar correr. Como nadie lo podía ver se sacó los pantalones, los colgó de una rama, bajó y se limpió el trasero con el agua que corría.

—¡Tenemos un cuarto de baño con agua! —le gritó a la perra.

Pero cuando descubrió que la perra había tenido diarrea dentro de la bolsa ya no le pareció tan gracioso.

El ruido de un avión y de un helicóptero lo hicieron trepar a lo más alto del árbol nuevamente. Se sacó la camisa e hizo señales con ella.

—¡Hola, aquí estamos!

No veía el avión ni el helicóptero, pero los oía; oyó que se alejaban y sintió el interminable silencio que habían dejado.

Pero no pudo dejar de seguir gritando:

—¡Hola! ¡Regresen!

Se quedó en silencio y escuchó. Pero no oyó más el ruido de los motores. Se quedó en el árbol y miró a su alrededor. Lo único que se veía eran árboles y agua.

Cuando una bandada de pájaros blancos llegó volando al árbol, se detuvo un instante y siguió el vuelo, Alex no pudo evitar llorar, se secó las lágrimas y los mocos con la manga mientras bajaba lentamente al lugar en donde había dejado la bolsa con la perra.

Alex tenía hambre y tenía tanto la cabeza como el estómago vacíos. Cuando Emmy empezó a ladrar despacito como para ella misma, recordó la historia que el hombre le había contado. ¿Cómo la había llamado? ¿Un cuento?

—¿Quieres oír un cuento? —le preguntó a Emmy. La cachorra sacó la cabeza de la bolsa, con las orejas en punta.

—Hazme una seña si quieres oírlo.

Emmy no movió la cabeza.

Alex le tomó la cabeza entre las manos y la movió como asintiendo.

—Sí, claro que quieres oírlo.

—Tú sabes que había un muchacho que se llamaba Alex, tenía una mamá que era lavandera.

Vivían en el campo. Él tenía una cachorra muy linda que se llamaba Emmy. Y Alex tenía una honda e iba a la escuela y era muy aplicado. Todas las tardes iba al bosque con la honda y cazaba pajaritos y lagartos. Sabes lo que es una honda, ¿verdad?

Emmy lo miraba fijo.

—Mueve la cabeza entonces.

Hizo que la cabeza de la perra negara.

—Así que no sabes lo que es una honda, espera que te lo muestre.

Alex cerró la cremallera de la bolsa porque tenía miedo de que la perrita se saliera cuando él se daba vuelta. Trepó lentamente por la rama más gruesa del árbol, arrancó una pequeña horqueta para mostrarle a la perra.

Justo cuando vio una buena horqueta y se estiró para agarrarla vio una cosa blanca y cuadrada que venía flotando en el agua.

Primero creyó que veía mal.

Pero lo que venía flotando en el agua en dirección al árbol era un refrigerador.

Un frasco entero de mayonesa

El refrigerador se movía lentamente en el agua grisácea. Alex bajó hasta la última rama del árbol y vio al refrigerador acercarse.

Recordó el refrigerador de la casa de su tía y cómo todos la miraban cuando abría la puerta para sacar la comida que iba a preparar: huevos a veces y salchichas otras veces; algunas veces carne. Podía haber comida en ese refrigerador, y él tenía que tenerla. Aunque también podía estar llena de agua.

Se sentó en cuclillas en la rama y esperó.

El refrigerador se quedó empantanado en un remolino, dio unas vueltas sobre sí mismo, a pocos metros del árbol. Por un momento, Alex pensó que podía bajarse del árbol y empujar el refrigerador hacia él, pero no se atrevió. Nadaba demasiado mal y le tenía mucho miedo al torrente de agua. Rompió una rama y con ella intentó mover el refrigerador, pero no tuvo éxito. Entonces cortó una vara de la rama y con ella tocó la puerta del refrigerador. Un milagro ocurrió y la vara quedó enganchada de la puerta, de tal manera que él pudo tirar del refrigerador hacia el árbol sin que esta se abriese.

Que tuviera suficientes fuerzas para levantar el refrigerador y ponerlo en la rama más baja del árbol fue el segundo milagro del día. Lo puso entre la rama y el tronco hasta que quedó bastante estable; luego abrió la puerta. Alex había esperado que el refrigerador estuviera lleno de agua, pero estaba seco. Dentro había un frasco entero de mayonesa, una botella de leche, una bolsa de plástico con un pedazo de queso, y, cuando abrió el cajón de la puerta, encontró doce naranjas y tres chiles amarillos.

La perra había tenido diarrea dentro de la bolsa. El fondo de la bolsa estaba cubierto de una sopa pegajosa de color amarillo verdoso. Tenía un olor insoportable, y la perra tenía el mismo mal olor. En lugar de comer algo del refrigerador, Alex tuvo que ponerse la perra debajo del brazo y bajar hasta la última rama del árbol, en donde tocaba el agua. Sumergió a la perra repetidas veces; luego lavó la bolsa.

Ese olor tan repugnante lo hizo sentir mal.

Cuando terminó puso a la cachorra mojada en la bolsa mojada. Tardó un rato en olvidar el olor; solo entonces pudo comer algo de lo que había en el refrigerador. Se llevó el frasco con la mayonesa a lo más alto del árbol y allí ató a la perra. La mayonesa tenía un gusto exquisito. Había dejado la tapa en la bolsa y metía el dedo en el frasco y se lo lamía. Una vez lamía él y luego lamía la perra.

Se durmieron esa noche en el árbol, pero esta vez estaban repletos. Alex se despertó tres veces durante la noche con dolor de barriga y diarrea. Pero por la mañana la perra por lo menos no había tenido diarrea dentro de la bolsa de nuevo.

La vida en el árbol era más liviana ahora que tenían el refrigerador. Alex aprendió que a la perra no le gustaban las naranjas, pero que comía con gusto el chile amarillo. Le gustaba tanto la mayonesa como a él, lo mismo que la leche. Le llenó el

plato de leche y la dejó lamérselo todo. El queso era lo más rico. Lo cortó en varios pedazos dentro de la bolsa y decidió que tanto la perra como él iban a comer un pedazo para el desayuno, otro pedazo en la mitad del día y otro al final del día, como cena. De esa manera, el queso les iba a durar muchos días.

Lo único bueno era que la lluvia había cesado y el agua ya no subía. Pero seguían viniendo árboles y trozos de madera y matas y hasta alguna letrina que pasó y desapareció.

¿Pero por qué no venía nadie?

¿Y si fuera él el único que había sobrevivido?

Pensó un rato en que él era el único que quedaba vivo en toda la tierra. ¿Cómo era la historia de Noé en la Biblia? Se trataba de un viejo que se había construido un barco y que había metido en el barco a una cantidad de animales. Si el viejo y los animales habían sobrevivido no lo recordaba.

Pero él no quería ser la última persona en la tierra. No, de ninguna manera.

Por eso escuchaba todos los sonidos y miraba a la cachorra. Cada día la dejaba sentarse dentro de la bolsa con la cabeza para afuera y mirar para todas partes. Creía que los perros tenían un oído más agudo que los seres humanos; quizás Emmy oiría antes que él si había gente en las cercanías. Por eso escuchaba con más atención cuando Emmy paraba las orejas y miraba hacia alguna dirección en particular. Oía sobre todo a los pájaros. Algunos se paraban en el árbol y se sentaban, y entonces Emmy ladraba aguda y airadamente.

Era como si creyera que el árbol era su propiedad y ella la reina.

Justo cuando empezó a oscurecer vio una bandada de pelícanos que venían volando a ras sobre la superficie del agua. Se acordaba de los pelícanos de cuando era más chico. Acostumbraban venir volando sobre el mar y desaparecer tierra dentro. Su padre acostumbraba decir que iban en camino del árbol en donde dormían. Los pelícanos vinieron directamente a su árbol, y los grandes pájaros grises se apoyaron con torpeza sobre las ramas que lo rodeaban. Pero entonces Emmy empezó a ladrar furiosamente y los pájaros aletearon y se fueron volando.

Entonces, por primera vez, Alex se enojó con la cachorra.

—¡Perra estúpida! —le dijo enojado—. ¿Por qué los tenías que espantar?

Estaban solos de nuevo.

Y la oscuridad de la noche se acercaba.

Metió a Emmy en la bolsa e hizo la última expedición al refrigerador. Todavía estaba en pie, muy estable, y el agua no había subido. Sacó dos trozos de queso y trepó de nuevo donde estaba la perra. Comieron el queso como cena.

Entonces oyó el ruido. El ruido de un helicóptero. Se sacó la camisa, se puso a la perra debajo del brazo y trepó a la parte más alta del árbol. Ahora vio el helicóptero y haciendo señas con la camisa gritó. Levantó a la cachorra sobre su cabeza, y volvió a gritar.

El helicóptero cambió de rumbo y se dirigió hacia el árbol. Voló en círculos sobre él y Alex sintió la fuerte corriente de las hélices que arrancaban hojas de las ramas.

En la ventana vio rostros blancos que lo miraban fijamente.

Y los lentes de las cámaras.

El helicóptero voló dos veces por encima de él y de la cachorra antes de desaparecer sobre las copas de los árboles.

Esa noche Alex se durmió llorando.

Un ruido lo despertó. Se asombró al ver que había dormido toda la noche y que ya había amanecido. ¿Podía ser...? Claro que el ruido se parecía al del helicóptero de ayer.

Se sacó de nuevo la camisa y trepó de nuevo y miró al cielo. Era un helicóptero. El ruido llegó primero. Luego se vio el helicóptero sobre los árboles. Hizo señales con la camisa una y otra vez.

La alegría le subió al pecho, lo debían haber visto porque se dirigían directamente al árbol. La alegría se transformó pronto en desesperación; el helicóptero volaba demasiado alto, iba a pasar por encima de su cabeza.

Alex echó la cabeza para atrás y vio la parte de abajo del helicóptero; no volaba, estaba detenido en el aire, colgando, sin moverse. El ruido era ensordecedor. Entonces vio que una puerta se abría y que un hombre se descolgaba del helicóptero. Diez metros, veinte metros, treinta metros. El hombre traía una cuerda con un arnés.

—Acércate más. Te voy a atar.

Alex desapareció en la tupida copa del árbol; el hombre no lo vio más. ¿Se había asustado y se escondía? Les había pasado algo así durante el día, en otro lugar. Pero vieron que el muchacho estaba en una de las ramas más altas, con una bolsa colgando del cuello.

—Ven más cerca —gritó el hombre suspendido de la cuerda.

Alex se deslizó por la rama.

El hombre le ató el arnés debajo de los brazos y Alex sintió cómo él y la cachorra eran levantados en el aire, flotando. El hombre que lo había venido a rescatar estaba sostenido por otra cuerda y se movían, las caras muy cerca, hasta llegar al helicóptero. El hombre le dijo algo. Alex no oyó lo que decía, pero no pudo menos que reírse porque tenía cosquillas mientras lo levantaban lentamente hacia el helicoptero donde otro hombre estaba listo para recogerlos.

Solo entonces Alex se animó a mirar.

Le vino vértigo, la sangre se le heló, pero no podía dejar de mirar. Vio una gran región inundada y de tanto en tanto un árbol que asomaba. Cuando el hombre y él estuvieron dentro, la puerta del helicóptero se cerró y el piloto se aprontó para irse. Alex se apuró a mirar, quería ver el árbol por última vez. Lo vio y vio también algo blanco en el agua.

—¡Mi refrigerador! —le gritó a uno de los hombres y señaló para abajo.

Vio que uno de los hombres hacía ese gesto con un dedo contra la sien que él y sus amigos acostumbraban hacer cuando querían decir que alguien era tonto o estaba loco.

—El muchacho está perturbado —oyó que decían los hombres.

Orfanato

Con la nariz apretada contra el vidrio, Alex miraba para afuera todo el tiempo. En los asientos adelante de él estaban sentadas otras tres personas que también habían sido rescatadas de las inundaciones: una mamá y sus dos hijos pequeños. La mamá se dio vuelta y por encima del ruido del helicóptero le contó que los habían salvado del techo de una casa. Alex solo asintió con la cabeza, no quería hablar, solo mirar.

El helicóptero volaba sobre el mar; el viento y la lluvia habían cesado, pero el agua del mar no era como él recordaba, ni turquesa ni azul. El mar era marrón grisáceo, las palmeras a las orillas del mar se habían quebrado como fósforos; vio troncos desnudos por todas partes, las palmas habían desaparecido. El helicóptero empezó a volar tierra dentro y sobrevoló la calle de una ciudad. La calle estaba llena de agua, vio el techo de algunos autos sobresalir del agua, restos flotando y gente remando en botes en las calles.

—¿Qué lugar es este? —gritó intentando ser oído por encima del ruido.

El hombre que lo había rescatado le gritó:

—Es Tela.

Tela era la ciudad en donde había nacido. Allí había pasado su infancia más temprana.

Pero no reconocía nada.

El helicóptero aterrizó en una colina afuera de la ciudad. A Alex y a la mujer con los niños los ayudaron a salir del helicóptero; corrían agachados para evitar tocar las hélices que rotaban a gran velocidad. Tan pronto como se alejaron algunos metros, el helicóptero voló en dirección a los territorios inundados en el sur.

Estaban enfrente de una escuela. Habían levantado los bancos y los habían apilado contra una pared. A través de las puertas abiertas, Alex vio gente mayor, niños, viejos, todos sentados en colchones en el piso; lo único que se oía era llanto.

Afuera de la escuela había algunas mujeres y una niña agachadas al lado de pequeñas hogueras, cocinando. Alex vio que la niña tenía frijoles en una olla y pelaba una cebolla; la cortó con cuidado contra la palma de su mano y dejó caer los pedazos lentamente en la olla con frijoles hirviendo.

La niña miró para arriba. Era más o menos de la misma edad que Alex, el pelo era negro y ondulado y estaba despeinada; la mirada era seria, pero todo el rostro se le iluminó cuando vio a Emmy en los brazos del muchacho.

—Dios, ¡qué bonita! —dijo, y le pidió a Alex que se acercara para poder acariciar a la cachorra mientras seguía revolviendo el guiso. Le señaló un lugar en la tierra y Alex se sentó y la chica, que se llamaba Carla, le contó que su madre estaba enferma, tirada en un colchón allí dentro. Se había enfermado, se había caído al piso con un temblor en todo el cuerpo.

—Pensé que se iba a morir, como papá.

—¿Tu padre se ahogó?

—No —dijo la niña—. Lo mató un techo. ¿Tienes alguien que se haya muerto?

—Nadie que yo sepa —dijo, y de pronto pensó en la pareja vieja que había sido tan buena con él y que lo habían convidado con guiso de mondongo y le habían permitido quedarse a dormir en su casa. Se preguntaba cómo les habría ido.

—¿Ha muerto mucha gente?

—Por eso la gente llora —dijo la niña señalando con la cabeza para la escuela.

Carla sacó un paquete de tortillas de maíz del bolsillo del delantal y le dio dos a Alex. Mientras él compartía las tortillas con Emmy, escuchaba hablar a Carla.

—Sabíamos que el huracán Mitch estaba por venir. Todos lo sabían. Llovía muchísimo, el viento aullaba, estábamos todos sentados en cuclillas dentro de la casa, oyendo los sonidos de la lluvia y del viento golpeando el techo de lámina. Sonaba tanto que no podíamos ni oírnos los unos a los otros. Oíamos golpes afuera de la casa, no sabíamos qué era, podía ser un árbol quebrándose. Mirábamos todo el tiempo al techo, teníamos miedo de que volara. Como no se podía hablar por el ruido papá gritaba: "Es el juicio final. Se va a inundar toda la tierra. Es el juicio final...". Cantamos salmos y le pedíamos a Dios aunque apenas se podía oír algo. Alguien golpeó en la puerta y nos dijo que teníamos que dejar la casa rápidamente. Rápido, rápido. Salimos en la oscuridad; el camino era un río ahora. Estaba oscuro. Nos llevamos los colchones y los platos y la ropa. No me llevé ningún juguete porque no tenía ninguno. El agua me llegaba a las rodillas, mamá cargaba a dos de mis hermanitos pequeños, papá cargaba a mi hermano que es tres años más chico que yo. Yo iba detrás de papá, y recuerdo que deseaba que me llevara también a mí en los brazos. Entonces vino el techo. Era un techo de lámina que vino volando y golpeó a mi padre. Grité y mi madre se detuvo y volvió. Estábamos en el agua turbulenta e intentamos levantar el techo. Era imposible, era muy pesado; tiramos todo lo que estábamos cargando; se fueron las cosas con la corriente intentamos levantar el techo de nuevo, no pudimos. Mamá se negaba a moverse de allí, gritaba a todo pulmón, en el agua y en la oscuridad. Por último vinieron dos bomberos que nos ayudaron a levantar el techo. Papá estaba muerto pero mi hermanito vivía. Mamá seguía sin querer moverse de allí, pero los bomberos nos obligaron a salir de allí; el agua seguía subiendo y venían cosas volando por el aire. Nos trajeron aquí. Nos dieron colchones y mantas y pan. Esta mañana nos dieron fósforos y arroz, frijoles y cebollas, y dijeron que la lluvia había parado y que las mujeres podían salir al patio y hacer fuego y cocinar. Pero mamá no tiene fuerzas. Solo llora.

Alex y la cachorra comieron un plato de frijoles que Carla había cocinado.

Cuando oscureció, a Alex también le dieron un colchón. Lo puso cerca del lugar en donde dormían Carla, su mamá y sus hermanos. Se acostó en el colchón con la cachorra encima del estómago, y el hombre de la Cruz Roja que parecía ser el jefe del lugar le dijo que sacara la perra de allí inmediatamente. No podía tener a la perra allí dentro. No sirvió de nada que Alex le dijera que Emmy era solo una cachorrita.

—¡Afuera! —gritó el hombre.

Alex encontró una cuerda que le puso a Emmy de collar; el otro extremo de la cuerda lo ató a un árbol. Cuando entró en la escuela se dio vuelta y vio a la perrita que lo miraba como sin entender lo que pasaba. Sintió un largo rato los quejidos de la cachorra y su corazón sangraba de pena.

Por la mañana salió corriendo de la escuela, ¿y si Emmy no estaba? Pero vio enseguida que la perra dormía al pie del árbol. Emmy se levantó y ladró alegremente cuando lo vio venir.

Carla ya estaba agachada al lado del fuego haciendo tortillas y calentando café. Alex se sentó en cuclillas a su lado y le preguntó cómo había quedado su casa.

—Ya no existe —le respondió ella—. La Cruz Roja nos dice que tuvimos suerte al salir a tiempo; todas las casas de nuestra calle se cayeron barranco abajo y desaparecieron.

Alex intentó pensar en su casa, en la casa en donde había pasado su infancia. En su interior la veía tan claramente como en una fotografía. Una casa de tablas, pintada de blanco, con un bananero en el patio trasero y muchos árboles de mango e hibiscos con flores rojas de color profundo. Allí quería ir ahora. Aunque ni su madre ni su padre ni sus hermanos vivían más allí, la casa era suya. Se iba a mudar allí y le iba a pedir al vecino su perro Blondie e iba a vivir allí con los dos perros. Podía trabajar un poco en el puerto cargando cosas como lo había hecho su padre.

—Tenemos una casa aquí en Tela —le dijo a Carla—. La he heredado. Emmy y yo vamos a vivir allí. Cuando tenga la casa en orden voy a venir de visita.

Se fueron después del desayuno. La cachorra había comido y estaba juguetona, corriendo al lado de él y deteniéndose para olfatear todo lo que aparecía en su camino. Cuando no olfateaba le mordía los cordones de los zapatos. No tuvo más remedio que cargarla en brazos.

Vieron un río que se había salido de su cauce. Quizás era el río San Juan en donde se había bañado de niño. Pero Alex no estaba seguro. Este río era ancho y salvaje. La masa de agua había destruido el puente, pero había una cuerda suspendida sobre el río. Del lado de Alex había una mujer joven y su hijo pequeño, del otro lado estaba su marido. El hombre se metió al agua y empezó a cruzar el río tirando de la cuerda, pero el agua lo golpeaba y cuando iba por la mitad del río no aguantó más y se cayó al agua. Alex gritó con todas sus fuerzas y todos los otros que miraban gritaron también. La mujer joven se arrodilló llorando y orando en voz alta:

—Santa María Madre de Dios, ¡salva a mi marido!

Todos empezaron a correr por la orilla del río. Alex también corría, había metido a la perra en la bolsa que le colgaba del hombro. El joven que había caído al agua fue llevado por la corriente unos kilómetros y por último pudieron rescatarlo del agua, con vida.

Alex siguió su camino.

Pasaron por un cementerio. ¿Era aquí donde sus abuelos paternos y maternos estaban enterrados? Tenía un vago recuerdo de un entierro y de haber ido a dejar flores. Ahora las cruces habían desaparecido, las lápidas estaban caídas y algunas tumbas abiertas dejaban ver restos de esqueletos esparcidos por el barro. Cuando Emmy se detuvo y empezó a mordisquear un hueso, Alex la levantó en brazos y salió corriendo de allí.

Por último llegó a la ciudad de su infancia. El agua estaba bajando pero el mal olor era terrible. Por todas partes había gente excavando, buscando muertos y heridos. Los que cavaban tenían pañuelos tapándoles la boca. Alex que no tenía nada para ponerse sobre la cara vomitó varias veces. De todas maneras siguió caminando por la ciudad destruida; las casas habían desaparecido, y las que quedaban estaban sepultadas debajo de varios metros de barro.

Pasó al lado de perros muertos, de autos aplastados por árboles y de un autobús lleno de lodo.

Alex cargaba a la cachorra en brazos, vadeando por el barro negro. Se movía lentamente por la ciudad demolida, buscando.

Pero no encontró nada que le pareció reconocer.

No encontró ni la casa de su vecino ni al perro de su infancia, Blondie.

Y no encontró la casa de su infancia.

Después de tres días se dio por vencido. Pero ¿adónde podría ir? La única pariente que tenía era su tía. Pero a la casa de su tía no quería ir. Y no sabía dónde estaban ni su madre ni su padre. Por último se decidió. Volvería a la capital. Esa estaría todavía en pie. Con todas las calles.

Cuando empezó a alejarse de lo que había sido su infancia, sintió que una parte de su vida había desaparecido.

Ya no quería ser Alex Alberto Mendoza Martínez.

Desde ese día en adelante sería solo el niño de la calle, Dogboy.

Dos policías y una celda

¿Hacía cuántos años había regresado del mar a la ciudad? ¿Tres años? ¿Más? ¿Menos? Dogboy no sabía ni le importaba. En la calle, el tiempo no importaba nada.

Estaba sentado en la orilla del río Choluteca y hablaba en voz alta con sus perros, mientras miraba sus pies descalzos y movía los dedos de los pies. Alguien le había robado los zapatos esa noche. La perrita blanca y negra, Emmy, estaba en sus rodillas; el perro más grande y peludo, Canelo, estaba tirado a sus pies. Les había contado de la vez cuando quemó las fotografías de sus padres y se fue de la casa de su tía, a vivir en la calle.

—Me da pena contarles esto de nuevo —les dijo a los perros—, ustedes ya lo oyeron antes. Pero es que esta noche soñé con mi mamá y me desperté llorando.

Entonces recordó que cuando se despertó sus perros lo habían consolado. Canelo se había acostado a su lado y Emmy le había lamido las lágrimas. La levantó en el aire, sonrió y le dio un beso en el hocico húmedo.

—Tú eres buena, Emmy. Pero no puedo entender por qué no puedo olvidarme de toda esa mierda. No quiero pensar en mi madre ni en mi padre, ni en mi tía ni en nada de lo que existía antes de que me convirtiera en Dogboy. Quiero borrar todo lo pasado. No entiendo por qué no me dejan en paz. Son ustedes los que son mi madre y mi padre.

Dogboy se levantó y buscó una ramita para tirar a los perros y jugó con ellos. Jugaban entre la basura de la orilla del río, entre llantas de auto rotas y trozos de tablas. Los perros saltaban y ladraban y se mordían jugando disputándose la ramita hasta que uno de ellos ganaba y venía a donde estaba Alex con la rama en la boca. Alex, que no quería ser llamado por otro nombre que Dogboy, se reía y su risa se oía a lo lejos.

El juego se interrumpió cuando se hirió. Se cortó con un pedazo de plástico afilado; se sentó en el suelo y dijo malas palabras. La herida en el pie fue primero blanca, luego se llenó de sangre roja que salía a borbotones. Insultó en voz alta y sus perros lo miraron angustiados.

Sabía quién tenía la culpa. Ayer tenía un par de zapatos tenis, un poco grandes, pero qué importaba. Como todas las noches, la pandilla y él habían dormido con la ropa puesta; no se sacaban nunca los zapatos. Pero cuando se despertó de mañana, la pandilla se había ido y sus zapatos habían desaparecido. Estaba casi seguro que quien le había robado los zapatos era un miembro de la pandilla de muchachos con los que había dormido. Nadie más podía acercársele sin que los perros ladrasen y atacasen. Como los perros no habían reaccionado tenía que ser alguno de los otros niños de la calle, de los que se decían sus amigos.

"Uno no puede tener un amigo de verdad entre los chicos de la calle", pensó. "Siempre traicionan al final".

Alguno de su pandilla le había robado los zapatos, probablemente para venderlos y comprar pegamento. Él también había traicionado a veces, peleado con sus compinches y robado para tener dinero para comida o para drogas.

Hizo una señal con la mano y los perros corrieron hacia un camión de basura que se había detenido y que estaba vaciando su carga en la orilla del río. Los perros buscaron en la basura algo para comer. Dogboy buscó con una varita hasta que encontró dos botellas de vidrio vacías, que enjuagó en el río sucio. Luego cruzó la calle y se las dio a doña Cecilia, la vieja mujer que vivía debajo de un árbol en la plaza, en el medio de la calle. La vieja puso las botellas sobre un cajón, sonrió con su único diente y le dijo:

—Ya tengo algo para vender hoy.

Tan pronto como los perros comieron hasta saciarse, corrieron moviendo la cola, hasta donde estaba él.

Dogboy se dirigió a las casas. Los perros iban detrás, llenos y contentos. Él tenía hambre, pero todavía no tenía necesidad de conseguir comida. Tenía un frasco de pegamento que le había quedado del día anterior. Había sido un frasco de comida de bebé, ahora estaba lleno de pegamento de zapatos amarillo. Se lo sacó del bolsillo, lo destapó e inhaló el pegamento. Todavía tenía fuerza. Lo tapó de nuevo y subió por la Calle Real. Había pensado ir al parque del Obelisco pero la necesidad de pegamento era muy fuerte. Se sentó en la acera con la espalda contra la pared. La perrita se subió a sus rodillas como siempre y el perro grande se tendió a sus pies.

Sacó de nuevo el frasco, lo destapó e inhaló. Lo mejor de la droga era la sensación de que se iba lentamente hacia otro mundo. En ese mundo su pasado no lo acosaba. Ahí no había ninguna madre que se había ido ni ningún padre del que no se sabía nada. Inhaló varias veces. Ya no tenía hambre. Sentía que se despegaba de la tierra y que volaba. Volaba por un paisaje lleno de colores y el ruido del tránsito se transformó en una música hermosa. En el mundo del pegamento se sentía seguro. Con cierto ritmo se llevaba el frasco a la boca y a la nariz; aspiraba los efluvios y el viaje continuaba.

Una voz se entrometió en su viaje.

—Hola —dijo la voz—. ¿Dónde están tus compinches, el resto de la pandilla?

Con esfuerzos volvió a la calle. Delante de él estaba René, un hombre que trabajaba en una organización dedicada a rehabilitar a los niños de la calle.

—Hola. ¿Cómo va todo? Si te levantas y vienes conmigo podemos buscar a tus amigos. Tengo

un juego en mi mochila. Podemos jugar y hablar un poco.

—¿Y si jugamos me das un sándwich luego? —preguntó Dogboy.

—Exacto —dijo René alegremente.

—No quiero comer ningún sándwich —dijo Dogboy, tenía la voz pastosa y hablaba lentamente, el pegamento lo había dejado cansado—. Sé lo que quieres. Quieres que vuelva al orfanato. Pero yo no quiero ir. No quiero estar encerrado. Y no quiero cantar salmos.

—No es así. Vas a salir a dar paseos. Y a educarte. Nos acaban de dar computadores. ¿No sería divertido aprender a manejar un computador?

—¿Se puede tener perros?

—Sabes que no está permitido. ¿Cómo se llaman tus perros? Se me olvidó.

—El grande se llama Canelo —dijo Dogboy—. Emmy es su mujer.

Dogboy se había cansado de la conversación. Quería seguir inhalando el pegamento para ver si podía seguir sintiendo que volaba, se enojó y gritó:

—Lárgate. No quiero hablar contigo. ¡Ándate!

Tan pronto como alzó la voz el perro grande, Canelo, se levantó, mostró los dientes y le gruñó amenazadoramente a René.

Pronto Dogboy voló de nuevo. Sabía que otros niños de la calle tenían experiencias terribles bajo la influencia de la droga. Pero él no. Una sola vez cuando estaba alucinando sintió algo terrible, lo perseguían dos policías y comenzó a correr. Corrió barranco abajo y se cayó y se rompió un brazo. Pero normalmente sus alucinaciones lo llevaban a volar sobre paisajes hermosos y extraños que cambiaban de color todo el tiempo.

Dogboy pensaba que lo mejor del pegamento era que hacía desaparecer el hambre y el pasado. Y lo hacía dormir.

Eso debía de haber pasado ahora.

Lo despertó una patada fuerte. Dos policías estaban a su lado. Primero creyó que era el pegamento que lo hacía ver visiones. Uno de los policías le quitó el frasco con pegamento y otro hizo que se pusiera de pie. Emmy ladraba histéricamente y Canelo los atacó con los dientes afilados. Los policías patearon al perro. Dogboy oyó las sordas quejas de Canelo pero estaba tan mareado por el pegamento que no opuso resistencia y los acompañó sin grandes problemas. Los policías lo tiraron en la parte de atrás de una patrulla y se fueron.

¿Esto sucedía de verdad o estaba todavía sentado en la acera, alucinando? Dogboy miró por

la ventana del auto. Estaban yendo por calles estrechas con mucho tránsito; todo parecía muy real.

—¿Adónde vamos? —les preguntó.

—A la Cuarta, por supuesto.

La Cuarta era el sobrenombre de la estación de policía más conocida de la ciudad. ¿De verdad iban para allá? Dogboy se concentraba en despertarse. Pero no despertó sentado en la acera rodeado de sus perros. Por más que se esforzaba estaba en el asiento de atrás de un auto de policía.

Llegaron por fin a la Cuarta. Dogboy tembló. Lo llevaron a un corredor lleno de celdas. Delante de él veía rejas y caras detrás de las rejas. Oyó el ruido de las llaves y lo empujaron a una de las celdas. El espacio era pequeño. Tres de las paredes no tenían ventanas, la cuarta pared era una puerta con rejas. El piso era de cemento. Ni siquiera un camastro. Ni una silla. Ni una mesa. Solo un montón de hombres que lo miraban enojados.

—¡No, uno más no! —gritó uno de los hombres a los policías—. Ya somos 19 en esta celda. Es tan estrecho que no podemos estirarnos en el piso a dormir. Tenemos que quedarnos todos sentados. No queremos uno más. Mejor suelten a uno de nosotros.

Dogboy sintió el odio de los otros presos e intentó hacerse lo más pequeño posible. Ya no volaba, sabía que aquello no era una alucinación, que estaba en la Cuarta, en la estación de policía más conocida de la ciudad. Aquí la policía traía a los que estaban más abajo, a los niños de la calle, a las prostitutas, a los miembros de las maras[2], de los suburbios, a los marginados, a los ladrones, a los mendigos y a los pobres que se habían emborrachado y que actuaban con violencia... Dogboy nunca había estado ahí antes pero conocía las historias.

Se hundió en el piso de cemento con los brazos alrededor de las rodillas y la cabeza baja. Quiso hacerse lo más invisible que pudo. Quería ocupar el menor espacio posible para que los demás presos no lo maltratasen.

Además del miedo que le daban los presos adultos, tenía una gran inquietud por sus perros.

No sabía si la patada del policía había lastimado a Canelo. Los quejidos sordos del perro todavía resonaban en sus oídos. ¿Y si la policía había matado a sus perros? Pero no recordaba haber oído ningún disparo, solo los quejidos de Canelo.

---

2. Nombre dado en América Central a las pandillas de jóvenes delincuentes.

Manuel Globo

—¡**H**ola muchacho!

Una mano grande le sacudió la manga con suavidad. Dogboy miró para arriba y vio una cara que le pareció vagamente conocida.

—Manuel Globo —le susurró el joven hombretón que estaba sentado en cuclillas a su lado—. Pero no digas ese nombre aquí. He dicho que me llamo Hugo Sánchez.

—¡Claro que te recuerdo! —dijo Dogboy y su cara seria se iluminó—. Fuiste tú el que me salvó del extranjero que nos tenía encerrados.

La cocinera nos había abierto la puerta y nos escapamos pero yo me caí. Tú regresaste y me cargaste en los brazos y corrimos. Me salvé gracias a ti. ¡Me salvaste!

Manuel Globo se encogió de hombros.

Después de una larga pausa dijo:

—¿Por qué estás aquí?

—No lo sé —dijo Dogboy—. Estaba sentado inhalando pegamento cuando llegó la policía. Patearon a mi perro Canelo. ¿Cuánto tiempo tiene uno que estar aquí?

—Casi siempre unos días. Si no hay un juicio y te llevan a la cárcel. A una cárcel de verdad.

—¿Esta no es una cárcel de verdad?

—Esto es solo una comisaría. En las cárceles de verdad hay comida. Aquí no hay ni de beber ni de comer. La familia tiene que traer todo. Pero yo no tengo a nadie que sepa que estoy aquí y por eso nadie me trae nada ni de comer ni de beber. ¿Y tú?

Dogboy tampoco tenía a alguien.

Nadie sabía que estaba allí.

Además, no conocía a ningún adulto que se preocupara lo suficiente por él como para ir a buscarlo. Y los compañeros de la pandilla jamás se atreverían a ir a la comisaría.

—¿Y a ti por qué te trajeron? —le preguntó a Manuel Globo.

—Por el tatuaje.

Dogboy entendió. Si uno era miembro de una "mara", una pandilla de jóvenes delincuentes, había que tatuarse para mostrar pertenencia. Por eso la policía arrestaba a los jóvenes tatuados.

—Déjame ver.

Manuel Globo se dio vuelta para que Dogboy le pudiera ver el hombro derecho. Allí se había dibujado un corazón, adentro decía Elenor.

—¿No tienes más?

—No, solo este. Tenía una chompa con mangas largas para que no se me viera el tatuaje pero ayer, cuando caminaba por el Primer Puente, dos policías me agarraron por atrás y me quitaron la chompa. Vieron el tatuaje, me llevaron a un terreno baldío y me pegaron. Me patearon y me golpearon con sus bastones. Querían matarme. Pero llegó otro policía que les dijo que era suficiente. Me trajeron a la Cuarta.

Dogboy vio que el muchacho estaba lleno de moretones. Pero la historia no era extraordinaria, había oído cosas parecidas tantas veces que no valía la pena gastar palabras. Se quedaron en silencio mirando con envidia cuando alguno era llamado a la reja para recibir comida, agua o refrescos.

Nadie compartía nada.

Dogboy necesitaba ir al baño; se levantó y miró a su alrededor. No se podía ver nada; la celda era como una lata de sardinas llena de hombres que estaban de pie o sentados en cuclillas en el piso de cemento. Alguien le había dicho que en la celda había un solo baño para todos. A él no le gustaba hacer sus necesidades mientras otros lo miraban. Algunos otros niños de la calle las hacían en la acera, pero no él, él se iba a un lugar aislado, o al río. Sobre todo quería estar solo cuando lo hacía.

—Necesito ir al baño —le susurró a Manuel Globo—. Pero no veo ningún baño.

—Tienes que ir afuera —le dijo Manuel Globo.

Manuel Globo gritó:

—Abran. Hay uno que necesita mear.

No pasó nada. Por un rato largo no pasó nada. Pero de pronto se abrió la reja y un guardia se asomó.

Dogboy se levantó y pasó al lado de los otros hombres y se encontró fuera de la celda. Vio otras celdas con otros presos agarrados a las rejas mirando para afuera. Lo saludaron a gritos. Cuando vio el baño se quedó paralizado. Estaba en medio del corredor. De todas las celdas se podía ver a quien estaba en el baño. Había otra reja que iba al patio de la comisaría. Los que estaban en la comisaría también podían ver a quien estaba en el baño. Era lo más vergonzoso que le había pasado en su vida. Pero estaba apurado y se vio obligado a orinar. De las otras celdas se oyeron gritos.

—Ese no es muy grande.

—Miren ese pitito.

—¡Ay Dios, qué divino! —oyó de la celda en donde estaban las mujeres y las chicas.

Dogboy sintió cómo se ponía colorado y esperó no tener que sentarse a cagar. Ahora podía por lo menos darles la espalda a todos los que lo miraban.

Pero entonces sintió que tenía que mover el vientre. No lo podía evitar. No tuvo más remedio que bajarse los pantalones y sentarse. Un guardia lo miraba con curiosidad. Miró el patio por donde pasaba tanta gente. Los presos le seguían gritando desde las celdas.

Trató de apurarse lo más que pudo. No había papel higiénico.

De camino a la celda vio un chorro, corrió, lo abrió y puso la cara debajo del agua. Tomó toda el agua que pudo. El guardia lo sacó a empujones y cerró el chorro. Pero Dogboy había casi conseguido calmar su sed.

Dentro de la celda se hundió en el piso de cemento pegado a Manuel Globo y cerró los ojos. Tan pronto como hubo cerrado los ojos empezó a pensar en sus perros y lloró un poco. Los vio delante de él, Emmy inmóvil, le habían disparado, la cabeza destrozada por las balas, sangre roja en la acera. Canelo estaba al lado, quejándose de dolor por las patadas de los policías. El perro estaba solo y moribundo y no entendía por qué su dueño lo había abandonado.

Sus quejidos sonaban en la cabeza de Dogboy.

Intentó convencerse de que todo era su imaginación, sus perros estaban en algún lugar, afuera, pero tan pronto como cerraba los ojos se le aparecía esa terrible escena de nuevo. Para evitarlo abrió los ojos y le dijo a Manuel Globo:

—Cuéntame de Elenor.

La muerte de dos muchachos

Manuel Globo se miró el tatuaje en donde el nombre de Elenor estaba escrito con letras feas y disparejas.

—Me enamoré de ella en primer grado. Estaba sentada en diagonal a mí en el salón de clases. La miraba y un día me miró. Entonces me enamoré. Pero nunca me animé a hablarle.

Yo tenía dos buenos amigos, Óscar y José Luis. Vivíamos cerca, en el Policarpo, un barrio en las afueras de Progreso, una ciudad en el norte de Honduras.

Dejamos de ir a la escuela en quinto año. Óscar empezó a trabajar con su tío que era sastre. José Luis empezó a trabajar con sus padres. Vendían jugos y galletas afuera del hospital, en el centro de la ciudad. Yo trabajaba con mi madre, vendíamos frutas y verduras.

Óscar y José Luis formaban parte del grupo de jóvenes de la Iglesia católica, iban a misa todos los domingos, se reunían con otros jóvenes los domingos por la noche y hacían excursiones y paseos. Yo no era tan religioso como ellos, por eso no iba. Pero nos encontrábamos por las tardes y jugábamos básquet en la cancha que había en nuestro barrio. No estábamos en ningún equipo, jugábamos porque nos gustaba.

Elenor estaba todavía en la escuela. Óscar estaba también enamorado de una chiquilla. Una noche nos tatuamos. Teníamos una aguja y tinta negra. Yo le hice un tatuaje a Óscar y él me tatuó a mí. Le hice un corazón en su hombro derecho y escribí el nombre de la chica de la que él estaba enamorado.

Él tatuó el nombre de Elenor en mi hombro. Me dolió muchísimo pero valió la pena. Pensamos que cuando las chicas vieran sus nombres tatuados entenderían que las queríamos.

Yo creo que Elenor supo que yo tenía su nombre en mi hombro, pero nunca se detuvo a hablar conmigo cuando nos encontramos. Y yo no me animé nunca a ser el primero en hablar.

—Y el otro muchacho, ese José Luis, ¿no se tatuó? —preguntó Dogboy.

—No, porque dijo que no estaba enamorado de nadie en especial. Pero Óscar y yo habíamos estado enamorados de esas muchachas toda una eternidad.

Nosotros, los tres amigos, teníamos otro sueño: todos queríamos tener bicicletas.

Yo no tenía más que ocho años cuando dije por primera vez que quería tener una bicicleta. Mi mamá se enojó: "¡No basta que yo trabaje y me esfuerce para que puedas ir a la escuela, además ahora quieres una bicicleta!". Lo mismo pasaba con mis dos amigos. Dejamos la escuela en quinto año por ese sueño de la bicicleta.

Óscar ganaba mejor que nosotros, y pudo comprarse la bicicleta primero. No me olvidaré jamás de cuando lo vi venir en la bicicleta con la muchacha sentada sobre la parrilla. Se hicieron novios. José Luis y yo estábamos muy envidiosos de su bicicleta y de su novia.

No le dije a nadie que estaba ahorrando para una bicicleta. En mi barrio había una "mara", una pandilla de jóvenes criminales. Si sabían que guardaba dinero me iban a robar. Escondía la plata en mi casa, debajo de una tabla floja.

José Luis y yo habíamos hecho una apuesta para ver quién tendría una bicicleta primero. José Luis ganó. Él también había ahorrado pero finalmente fue su papá quien le dio el dinero que le faltaba. Era un domingo. Compró una bicicleta usada, una BMX. Yo no estaba con él cuando fue a comprar la bicicleta, pero todos me contaron que tan pronto como tuvo la bicicleta se la fue a mostrar a Óscar. Estaba muy contento. "No voy a ir más a pie", dijo. No sabía cuánta razón tenía.

Óscar lo ayudó a decorar la bicicleta con cintas y luego se fueron al centro. José Luis quería mostrarles la bicicleta al grupo de jóvenes de la parroquia, y su hermana mayor le dijo que tenía que ir a la iglesia para agradecerle a la Virgen María porque por fin tenía una bicicleta.

A eso de las 6 de la tarde, Óscar y él volverían en las bicicletas. Yo los estaba esperando. Pero no llegaban. A las 6:30 de la tarde cuando ya estaba oscuro salí al camino. Entonces vi que ya venían. José Luis estaba muy orgulloso, me dejó sentarme en la parrilla de su bicicleta nueva. Nos reíamos y hacíamos chistes. Óscar iba primero.

Al lado del estadio vino un auto, una camioneta azul y nos pasó al lado y frenó de golpe. De la camioneta salieron dos hombres, uno tenía un fusil en la mano. Agarraron a Óscar y lo metieron en la camioneta y tiraron su bicicleta en el baúl abierto. Nosotros estábamos como paralizados. Cuando el hombre con el fusil se abalanzó a agarrar a José Luis él gritó:

—¡No me lleven! ¡No he hecho nada!

Entonces el hombre le pegó con la culata del fusil. Yo alcancé a ver que era un hombre grande y fuerte con bigotes. Entonces salí corriendo. Volví la cabeza y vi que también a José Luis lo obligaban a entrar en la camioneta y que se llevaban su bicicleta.

Corrí en la oscuridad a la casa de Óscar a contarles a sus padres. No tienen auto pero un vecino con auto los llevó a la comisaría. Allí les dijeron que no tomaban ninguna denuncia porque era domingo. Los padres estaban desesperados.

—¿Pero qué podemos hacer? —les preguntaron a los policías.

"Siempre pueden buscar en los cañaverales", fue lo único que les dijeron. Alrededor de nuestra ciudad había grandes campos sembrados con caña de azúcar, allí se acostumbraba encontrar a los que habían sido maltratados. O violados. O asesinados.

Unos días después encontraron a Óscar y a José Luis. Como habían previsto, estaban en un cañaveral. Desnudos. Terriblemente torturados. A uno de ellos le habían destrozado las manos, seguro que se había resistido. Finalmente los habían matado. Los dos tenían un balazo en la cabeza.

Yo era el único testigo. Le conté a la policía lo que había visto. Pero yo no reconocí a ninguno de los hombres. Y no estaba seguro de la marca de la camioneta. No me había fijado en el número de las placas del auto.

Lo único que pude decir fue que uno de los hombres tenía bigote y que el auto era una camioneta azul. Pero dije que si veía a los hombres de nuevo los reconocería.

Fui al velorio de mis amigos. Óscar estaba en un ataúd abierto, en su casa, para que todos se pudieran despedir de él. La familia y todos los vecinos rodeaban el ataúd. Era horrible. Había flores y velas encendidas y todo el mundo lloraba. Yo también. Cuando me fui de la casa de Óscar esa noche, después de haber llorado mucho, un hombre se me acercó en la oscuridad. Era grande, como estaba muy oscuro no le podía ver bien la cara. Cuando empezó a hablar me di cuenta de que era uno de los hombres que habían matado a mis amigos.

Dijo que me iba a matar también. No oí más porque me escapé corriendo. No vi si tenía un fusil o un cuchillo en la mano, estaba muy oscuro. Pero me pude escapar.

No me animé a ir a mi casa esa noche, dormí debajo de unos arbustos al lado de la cancha de básquet.

Dos semanas más tarde murió el padre de José Luis. Dijeron que se había muerto de un infarto al corazón. Su mamá y los hermanos de José Luis tenían tanto miedo de que les fuera a pasar algo que vendieron todo lo que tenían y se fueron del país. Le conté a mi madre del hombre que había dicho que me iba a matar. Mi mamá lloró y dijo: "Manuel, tú sabes que te quiero. Pero tienes que irte. Eres el único que ha visto la cara de los asesinos; no se van a resignar hasta matarte a ti también".

—¿Te fuiste entonces?

—Sí.

—¿Echas de menos a tu mamá?

—Mucho. ¿Pero qué puedo hacer? No puedo seguir viviendo con ella. Mi mamá es buena. Cuando yo era chico me trajo un globo de gas, que volaba, parecía bailar, colgado de un hilo. Nadie en todo Policarpo tenía un globo como ese. Estaba tan orgulloso de ese globo que fui por todo el barrio mostrándolo. Fue allí donde me pusieron el sobrenombre Manuel Globo.

Dogboy se quedó en silencio un largo rato y pensó en la mamá de Manuel que le había comprado un globo. Deseó que su madre le hubiera comprado un globo a él cuando era chico. No, no debía pensar en eso. No debía pensar en su estúpida madre.

—¿Por qué mataron a tus amigos? —preguntó Dogboy, para no pensar más en su madre—. ¿Estaban en alguna "mara"?

—No, sé que no estaban en nada. Pero había una "mara" que operaba en nuestro barrio. Todos tenían miedo, también nosotros.

—¿Fueron policías los que mataron a tus amigos?

—No tengo la menor idea. Nadie sabe quién mata a todos los jóvenes. Lo único que se sabe es que un montón de jóvenes son asesinados. Quizás eran pistoleros a sueldo. Todos saben que hay gente a la que le pagan por cada miembro de una "mara" que matan. También se dice que algunos de ellos ni siquiera se preocupan por si uno está en una "mara" o no, le disparan a la primera persona joven que ven.

—¿Y les pagan por eso?

—Sí, les pagan.

Y Manuel Globo se calló.

—¿Después de eso, empezaste a vivir en la calle?

—Yo nunca fui de verdad un chico de la calle. Yo me fui de casa. Vine a la ciudad y no había vivido en la calle más que un mes cuando te encontré a ti y ese espantoso extranjero nos sacó del Burger King y nos llevó a su casa.

—Yo pensé que era bueno.

—Era falsa bondad. Nos quería engañar.

—¿Qué hiciste luego?

—Me fui a la costa y empecé a trabajar en una plantación de bananos. Soy grande y fuerte y trabajo bien. Alquilo una casa ahora y tengo un empleo fijo. No soy solo un trabajador de temporada, tengo empleo todo el año. Voy para mi casa a buscar a mi madre y a mis hermanas pequeñas. Quiero que se vengan a vivir conmigo a la costa. Pero antes tengo que hacer algo.

—¿Qué vas a hacer?

—Es un secreto —dijo Manuel Globo y se calló.

A Dogboy se le ocurrió que Manuel Globo había encontrado a los asesinos de sus amigos. Quizás se iba a vengar. Quizás iba a matar a los que habían ejecutado a sus compañeros.

Pero por más que le preguntó Manuel no le dijo nada más.

Gracias a las conversaciones, el largo día pasó rápido.

Dogboy no contó nada de sus padres, pero le habló de sus perros.

—Duermen a mi lado —le dijo—. Y me defienden. Y me quieren.

Cuando dijo eso se puso triste.

Finalmente, Dogboy se animó a contarle a Manuel Globo que tenía miedo de que no solo sus amigos habían sido asesinados. Creía que sus perros también.

Temprano en la mañana del cuarto día

No les dieron nada de comer durante el día, solo algunos jarros de aluminio con agua. Algunos presos habían sido liberados durante el día, pero cuando llegó la noche todavía no había espacio para que los que quedaban se pudieran estirar en el piso. Todos estaban sentados, encogidos. Estaba muy oscuro dentro de la celda, no había ninguna lámpara. Dogboy trató de hacerse lo más pequeño que pudo. Estaba sentado contra la pared con las manos en las rodillas. Estaba contento de estar sentado al lado de Manuel Globo, era tan grande y tan fuerte. Eran los únicos muchachos. Los demás eran hombres, algunos borrachos, otros drogados. Durante el día había habido algunas peleas. Alguno había vomitado en la celda y el hedor lo hacía sentir mal.

Justo antes de que se durmiera sintió unos aullidos fuertes.

¿Era alguno que se había vuelto loco y que aullaba desde alguna celda?

¿O eran perros?

Había oído que la policía tenía perros, ovejeros alemanes. Quizás eran esos los perros que aullaban. Se preguntaba si eran tan peligrosos como todos decían.

Llegó otro día. El tiempo se arrastraba. El hambre aumentaba. Lo peor era la abstinencia. La falta de pegamento lo hacía tiritar de frío y le provocaba náuseas; quería darse en la cabeza contra la pared, quería gritar. Para no pensar le dijo a Manuel Globo:

—No me contaste nada de Elenor.

—No pasó nada. Yo era demasiado tímido. No me animé nunca a acercarme y mostrarle el tatuaje. Pero ahora que voy a mi casa voy a pasar a verla. Le voy a decir que mi madre, mis dos hermanas pequeñas y yo vamos a mudarnos para la costa y que yo tengo un trabajo fijo. Nos puedes acompañar si quieres.

Sus planes fueron interrumpidos por el guardia que gritó:

—Hugo Sánchez.

Era el nombre falso de Manuel Globo.

Manuel Globo se incorporó, se abrió paso hasta la puerta de la celda que se abrió y se fue. Fue todo tan rápido que no tuvieron tiempo ni de despedirse.

—Pero y yo, ¿me voy a pudrir aquí?

Ya no tenía tanto miedo de los otros presos pero sabía que lo mejor era estar callado y tratar de hacerse invisible. Tiraron a un hombre vestido de mujer en la celda: tenía la blusa roja rota, la cara hinchada y los labios rotos. Dogboy vio el lápiz de labios embadurnado, el rimel corrido y sangre pegada debajo de la nariz. Lo reconoció. Acostumbraba prostituirse con hombres en un parque y le decían doña Óscar. El guardia le pasó un paquete de comida por entre las rejas:

—Es de parte de tu abuela. En realidad no te lo debía dar, un maricón no merece comer.

Doña Óscar se tambaleó en el centro de la celda con el paquete apretado contra el pecho, luego se dejó caer en el piso. Nadie en la celda trató de ayudarlo a levantarse ni dijo nada. Quizás se había desmayado. Pero después de un rato doña Óscar abrió sus ojos hinchados, lo suficiente como para ver a Dogboy, le dio el paquete y le dijo:

—No puedo comer. Tengo la boca echada a perder.

Dogboy comió glotonamente y con avidez sin intentar compartir la comida con los otros.

Tres días seguidos oyó los aullidos. Parecían perros de policía. Se preguntó si los perros de policía estaban entrenados para morder a todos. Creía que sí. ¿Qué pasaría si un policía le azuzaba un perro? ¿Sabría el perro que él era un amigo de los perros? No sabía.

Temprano por la mañana del cuarto día, Dogboy escuchó afuera de la celda una voz de hombre que decía enojado:

—No pueden tener menores de edad encerrados más que ocho horas.

La puerta de la celda se abrió y salió tambaleándose al corredor en donde estaba la letrina, pasó por el segundo portón y salió a la deslumbrante luz del patio.

—Sal —dijo el guardia—. Te puedes ir. ¿No entiendes? ¡Estás libre!

Para salir tenía que pasar al lado de un corredor lleno de policías y de gente que esperaba para entrar a la comisaría. Sintió un gran miedo y se abrió paso con pánico hasta que llegó a la calle.

Afuera, al sol, estaban dos perros sentados esperando.

¡SUS PERROS!

Empezaron a ladrar desesperadamente cuando lo vieron salir. Corrieron hacia él, moviendo las colas. Emmy le saltó encima y Canelo le lamió la mano mientras la cola se movía como una hélice. Que sus perros estaban locos de contentos de verlo era innegable.

Un policía estaba del lado de afuera de la puerta fumando un cigarrillo.

—Y llévate esos perros del demonio de aquí cuando te vayas —le gritó—. Están aquí afuera de la comisaría aullando desde hace tres días.

Enamorado

Qué día. Qué día más hermoso. Estaba libre. Ciertamente que tenía hambre y no tenía zapatos, pero ¿qué importaba? ¡Estaba libre!

Dogboy empezó a caminar el largo camino de regreso a la Calle Real con los perros bailando alrededor.

Fue a uno de los tantos mercados de la ciudad. De repente se detuvo, les hizo una señal a los perros y les dijo con voz triste: "Esperen". Los perros se sentaron inmediatamente, sabían que cuando él usaba esa voz triste no podían acompañarlo. Dogboy se fue caminando, a los pocos pasos se dio vuelta y pudo ver que no se habían movido del lugar, lo miraban con expresión triste y estaban como encogidos. El perro grande tenía las orejas bajas y se quejaba un poco.

Dogboy quería llorar, pero sabía que estaba obligado a hacer lo que iba a hacer; no había más remedio. Si llevaba a los perros iban a reconocerlo. Si iba solo era como cualquier otro sucio y descalzo niño callejero.

Los puestos del mercado estaban pegados los unos a los otros, con estrechos corredores en el medio. Carne. Especias. Blusas. Flores. Cuando pasó al lado de un puesto con zapatos tomó dos pares y salió corriendo. Oyó que alguien corría atrás de él y gritaba, pero consiguió escaparse. Se puso uno de los pares de zapatos. El otro lo vendió.

Con el dinero en el bolsillo volvió donde estaban sus perros. Estaban todavía en la misma esquina. Dejaron de estar tristes tan pronto lo vieron. Ahora iba a conseguir lo que había estado soñando todos estos días en la comisaría: pegamento. Encontró a un niño de la calle que conocía y compró una bolsa llena de pegamento. Inhaló con avidez. El hambre desapareció tras dos aspiraciones profundas. Luego hizo algo que no acostumbraba hacer nunca. Cruzó el Primer Puente con sus perros. Todos los niños callejeros tienen sus territorios, su territorio quedaba de este lado del río; al otro lado del río estaba el centro de la ciudad. No iba nunca allí. Era el territorio de otros. Era fácil pasar un mal rato si uno salía de su territorio.

Pero en la celda de la comisaría había pensado en un helado. Horas y horas había pensado en un helado. Hasta había soñado con helados. El sueño había estado lleno de helados volando, hasta tenían alitas como gorriones y volaban alrededor de su cabeza. Había intentado agarrar alguno pero se habían ido volando. Ahora tenía dinero y se fue con los perros a McDonald's. Llevaba apretado en la mano un billete y unas monedas.

—Dos barquillos, mixtos, chocolate y vainilla —pidió cuando le llegó el turno. Se comió el primer helado demasiado rápido. Con el otro en la mano cruzó la calle y se sentó en un muro al sol en el Parque Central. Lamió el helado y se lo pasó a Emmy. Pensó que se lo iba a comer de una lamida pero ella lo lamió discretamente; luego se lo pasó a Canelo que también lamió una sola vez. Ahora era su turno. Comió lentamente sintiendo el gusto exquisito y lo frío contra la lengua. De pronto una sombra les tapó el sol.

—No he visto nunca perros comer helado —dijo una voz de jovencita—. ¿Los puedo acariciar?

Mientras le acercaba el helado a Emmy de nuevo, miró hacia arriba y vio a la chica que estaba delante de él. Era de su misma edad, delgada, el pelo negro y corto con fleco, pantalones vaqueros limpios, una camiseta amarilla, un reloj de pulsera. No le vio la cara porque se había agachado para acariciar a los perros. La miró y ella de pronto levantó la cara y sus miradas se encontraron. Después, cuando intentó contarles a los perros sobre ese momento les dijo: "Sentí que me caía un rayo y supe que me había enamorado".

Intentó retener la mirada de la chica, pero ella miró de nuevo para abajo y siguió acariciando a los perros, que movían las colas y se retorcían encantados.

Entonces notó que la muchacha había dejado una bolsa llena de zapatos en el suelo. Le miró los zapatos recién robados con aire de conocer de qué hablaba.

—Reebook walker, nosotros también los vendemos —dijo—. Mis padres tienen un puesto y venden zapatos.

—¿Dónde? —dijo Dogboy con la voz preocupada. ¿Y si fueran ellos a quienes les había robado los zapatos y hubiera sido su papá quien lo persiguió?

—No en el mercado —dijo la muchacha—. Hay algunos puestos en este lado del Primer Puente; es aquí donde vendemos.

Dogboy respiró tranquilizado. No era a su papá a quien él le había robado los zapatos. Para que se quedara le empezó a preguntar acerca de la bolsa con calzado que ella llevaba. La muchacha le dijo que habían tenido un día de mucha venta y su padre la había mandado a la casa para traer más zapatos. Tenían un pequeño depósito en la casa donde vivían. Cada vez que algún estilo de zapato se acababa, ella tomaba el autobús e iba a buscar más. Se llamaba Alicia. Cuando Dogboy le dijo su nombre, le dijo Alex. No había usado ese nombre desde que había decidido convertirse del todo en Dogboy y olvidar su pasado. Había vivido en la calle en un pequeño sector de la capital.

Esta muchacha pertenecía al otro mundo.

El mundo en donde la gente vivía en casas, tenía familias y trabajo y ganaba dinero.

Quería hablar más con ella pero no sabía cómo hablar con una niña que era de ese otro mundo.

Por eso se quedó en silencio.

Alicia se incorporó y le dijo adiós y empezó a alejarse con la bolsa de zapatos en la mano. Dogboy se quedó inmóvil y sin saber qué hacer. Los perros actuaron por él. Empezaron a correr detrás de la muchacha, él la siguió, no la quería perder de vista. Estaba enamorado. Pero sabía que ella era de otro mundo, no querría hablar con alguien como él.

Canelo se adelantó y olisqueó la mano de la chica. Ella se dio vuelta y los vio, a los perros y a él. Su sonrisa lo podía haber tirado por tierra.

—Mira, mis padres me han prohibido que hable con chicos de la calle. Hay una pandilla que siempre se junta en las cercanías de nuestro puesto. No puedo hablar con ellos. Pero a la una mis padres se van a comer a un restaurante vegetariano a la vuelta de la esquina. Entonces me quedo sola en el puesto. Podemos hablar a esa hora.

Dogboy no tenía reloj, caminó sin rumbo por las calles de esa parte de la ciudad que no conocía bien y se sentía alegre e inquieto a la vez. Alegre porque iba a hablar con Alicia. Inquieto por si la pandilla de muchachos de este territorio lo descubría. Inquieto por si se le pasaba la hora. Paró a mucha gente para preguntarles qué hora era. La mayoría lo miraban, veían que era un niño de la calle y ni siquiera le contestaban, solo unos pocos le respondieron. Finalmente oyó lo que quería oír: era la una de la tarde.

Alicia estaba en el puesto. El olor a zapatos nuevos la envolvía. Iban a hablar pero él no sabía de qué.

—Entra y siéntate —dijo la chica. Dogboy se sentó en una silla. Emmy se le subió a las rodillas y Canelo se tendió a sus pies.

Mientras Dogboy intentaba febrilmente encontrar un tema y no sacar la bolsa con pegamento que tenía dentro de la camisa y aspirar, Alicia le dijo:

—¿Por qué vives en la calle? ¿No tienes padres?

—Mamá está muerta —dijo Dogboy.

—¿Y tu papá entonces?

—Está muerto también. Se murió en Estados Unidos; estaba en las Torres Gemelas cuando los aviones se estrellaron allí.

—¿Cómo era tu mamá?

—Buena. Buenísima. Un día me compró un globo. Un globo de gas. Estaba tan orgulloso de mi globo que iba con él a todas partes. Esto fue antes de que se muriera.

—¿Y hace cuánto tiempo que vives en la calle?

—No sé. Mucho tiempo.

—¿Cómo conseguiste la cachorrita, Emmy?

Dogboy pensó, no quería seguir mintiendo.
Y le contó del basurero y de la cachorra que había
encontrado en la caja y del huracán y de cómo él
y Emmy habían sido salvados del árbol por el helicóptero.

—¿Y el perro grande?

—A ese lo robé. Lo vi dentro de un taller y
me enloquecí con él. Así que me lo robé. Desde ese
momento estamos juntos los tres.

—¿Qué es lo peor que te ha pasado al vivir
en la calle?

¿Qué podía contarle? Dogboy buscó entre
sus recuerdos más horribles y le contó lo peor que
le había pasado.

—Los cachorros. Emmy ha tenido cachorros
dos veces. La primera vez cinco, la segunda seis.
Canelo es el padre. Dormían conmigo y mi pandilla en la calle. Pero se los robaron a todos. Creo
que va a tener cachorros de nuevo. Por eso está tan
gorda.

Alicia acarició a Emmy y le tanteó el vientre con cuidado.

—Santa María, creo que le siento a los cachorros —dijo—. Cuéntame algo más.

—Una vez dormimos en un parque en donde suele haber maricones. Estaba oscuro. Me desperté por el ruido que hacían dos hombres que se peleaban con los maricones, así que me levanté para irme. Entonces uno de los hombres se abalanzó sobre mí y me apuñaló en la espalda y en la cabeza con un cuchillo. Fue todo tan rápido que los perros no me pudieron defender. Me caí y me desperté en el hospital. El doctor dijo que yo había tenido una gran suerte que había sobrevivido. Y...

Dogboy no pudo continuar. Ahora quería contarle, pero ella lo tomó del brazo y le dijo:

—Ahí vienen mis padres. Tienes que irte. Rápido. No pueden enterarse de que estoy hablando con un niño de la calle.

Querida Alicia

Las semanas siguientes a su encuentro con Alicia, Dogboy vivía como en éxtasis pero no era un éxtasis creado ni por el pegamento ni por la marihuana o por la cocaína, sino un éxtasis de verdad, de alegría. Iba sonriendo todo el tiempo y abrazaba y besaba a sus perros más que de costumbre.

Ya no dormía con la pandilla de muchachos sino solo en la acera, con los perros al lado. Antes de dormir dejaba que los pensamientos se fueran por su cuenta y lo llenaban de fantasías maravillosas. Por último se había inventado toda una película dentro de la cabeza, la película sobre Alicia, y la pasaba todas las noches antes de dormirse.

En la película ya no está sucio como ahora; en la película está limpio, tiene el pelo bien cortado y tiene ropa nueva y limpia. En la película ya no inhala pegamento. Así que un día, cuando ya no usa más drogas, los padres de Alicia lo ven cuando él está hablando con su hija. Y le toman simpatía directamente. Le ofrecen trabajo enseguida. Le dicen que están cansados de trabajar y se quieren retirar; ¿no se podría él hacer cargo del puesto de zapatos junto con Alicia? Le tienen tanto afecto que lo invitan a vivir con ellos.

Durante el día, Alicia y él se ocupan de la zapatería. Tienen a los perros con ellos. El papá de Alicia tiene auto. Todas las tardes los viene a recoger y los lleva a la casa. El auto es grande, una camioneta, grande y roja. Los perros van sentados en la parte de atrás. Emmy ya tuvo sus cachorros. Son siete. Los cachorros van también en el auto. Cuando llegan a la casa, la madre de Alicia los espera con la comida. A veces es pollo asado, otras veces mondongo. De noche, él y Alicia duermen en la misma cama.

Ahí terminaba la película. No se le ocurría otra cosa.

Todos los días Dogboy iba al Primer Puente y al puesto de Alicia y el enamoramiento le llenaba el cuerpo de música. Cada día esperaba que los padres de Alicia se fueran a comer. Entonces se acercaba con los perros. No podía dejar de sonreír con toda la cara cuando se acercaba a la chica con el fleco negro y lacio.

—Qué suerte que no te vieron —dijo Alicia la primera vez que se le acercó—. Mis padres odian a los niños de la calle. Se enojarían muchísimo si vieran que yo hablo contigo. Yo no tengo problemas en hablar contigo pero hueles mal.

Dogboy se quedó helado.

—Seguro que es el pegamento —dijo Alicia.

Dogboy se decidió a tratar de no usar tanto pegamento, a dejarlo del todo si a ella no le gustaba.

Pero sabía que no era solo el pegamento lo que lo hacía oler mal.

A un niño de la calle se le reconocía porque estaba sucio, así que Dogboy se decidió hacer algo que no había hecho nunca: se lavaría todos los días. Hasta ahora se había lavado en el río de vez en cuando, pero el agua era sucia y maloliente. Ahora se quería lavar con agua limpia. La pregunta era ¿dónde? El gran enamoramiento lo impulsaba a hacer cosas nuevas. Por ejemplo, entró a

una tienda de videos en donde el empleado era un muchacho joven. Y empezó a hablar con él. Se llamaba Mario López. Dogboy se ofreció a barrer y a limpiar el local si lo dejaba lavarse allí.

Mario le dijo que sí y le mostró una ducha dentro de la tienda. Había también un lavabo y un cuarto de baño. Dogboy iba todas las tardes y limpiaba, hasta le pagaban un poco. Con ese dinero se compró un jabón, un frasco de champú, desodorante, un peine y un paquete de jabón en polvo. Después de limpiar el local se duchaba y a veces lavaba su ropa.

Hizo una nueva escapada al mercado y consiguió robar un par de pantalones *jeans* y una camisa de mangas largas que le quedaba bien. Ahora tenía ropa para cambiarse cuando lavaba su otra ropa. Podía dejar la ropa guardada en el depósito de la tienda de videos. Tenía una estantería para él, allí tenía siempre un pantalón y un suéter limpio. Allí dejaba su champú, su peine y su desodorante. Se preguntaba si había algún otro niño de la calle en Honduras que tuviera una estantería propia. Y ropa para cambiarse. Y un lugar para ducharse.

Como Alicia le había dicho que tenía mal olor porque inhalaba pegamento, trató de no hacerlo. Por ella iba a dejarlo.

No era fácil, pero el amor lo ayudaba.

Compraba un frasco de pegamento por día en lugar de dos. Y no lo usaba nunca en las mañanas porque no quería oler mal cuando encontraba a su querida Alicia. Así la llamaba en sus pensamientos y cuando hablaba de ella con los perros.

Todos los días al mediodía iba lleno de expectativas a verla, los perros lo seguían y él sabía que ya no tenía que avergonzarse de que estaba sucio. Olía bien a jabón y a desodorante y tenía una camisa limpia. Pero de todas maneras no se animaba a que los padres de Alicia lo vieran; solo cuando los veía irse en dirección al restaurante vegetariano en donde comían todos los días, se acercaba.

Hablaban todo el tiempo. Se reían. Y Alicia levantaba a Emmy y le tanteaba el vientre. Y le dijo:

—¿Cuándo los va a tener?

—No lo sé. Pero pronto. ¿Quieres un cachorro?

—Sí, ¡claro que sí!

Un día cuando Alicia estaba vestida con un suéter rojo con lunares blancos y una falda azul y sandalias celestes y Dogboy la encontraba hermosísima, le dijo:

—Hoy hemos vendido muy bien. Tengo que ir a la casa para buscar más zapatos del depósito. Si quieres me puedes acompañar.

Como tenían que tomar el autobús, Dogboy le tuvo que pedir a Noel, un miembro de la pandilla a la que había pertenecido un tiempo, que le cuidara los perros un rato.

—Voy a tomar un autobús con una chica —le explicó—. No se puede viajar con perros en el autobús.

Canelo y Emmy se veían tristes y desconcertados cuando los dejó con Noel. Era una traición, pero Dogboy se olvidó de sus doloridos perros cuando subió al autobús. Alicia y él se sentaron en el mismo asiento, no podían hablar porque todas las palabras se ahogaban en la música de salsa de la radio del conductor. Pero no importaba. Dogboy estaba feliz. Estaban sentados muy juntos y Dogboy simulaba que ya no era Dogboy, sino Alex, Alex Alberto Mendoza Martínez.

"Me lleva a su casa", pensó. "Ella y sus padres viven en una casa. Tiene seguro una cama propia, quizás hasta un cuarto propio y en la casa hay una puerta que pueden cerrar con llave todas las noches".

El autobús entró en un camino lleno de baches y sin asfaltar; el polvo del camino se metió

dentro de las ventanillas del autobús y todos tosie-
ron. Alicia y Alex tosían y se reían.

—Villa Nueva —dijo Alicia. Aquí debemos
bajarnos.

La casa de Alicia no era una casa hecha de
tablas como había sido su casa al lado del mar,
esta era una casa de bloques de cemento. Pintada
de azul. Afuera había un jardincito con flores que
no conocía. El depósito de los zapatos estaba en un
cuarto de atrás de la casa. Alicia miró para todos
lados y abrió rápidamente con la llave que llevaba colgada en el cuello y le hizo señales a Dogboy
de que entrase. Cerró la puerta. Los envolvió un
fuerte olor a zapatos, un rico olor a cuero y goma.
Cuando Dogboy pensaba en Alicia el olor a los
zapatos le llenaba la nariz; desde el día en que la
encontró no había otro olor que le gustara tanto.

Estaban muy pegados el uno al otro en la
penumbra del depósito, sin moverse y como por
cuenta propia sus brazos encontraron su camino
y la estrechó con fuerza y se besaron. Fue suave y
cálido. Desde ese día iba a vincular los besos con el
olor a zapatos.

Se decidió a que cada vez que entraran al
depósito la iba a besar, aunque ella fuera mayor y
hubiera cumplido 53 años.

Alicia se retiró y le dijo:

—Nos tenemos que apurar. Hay muchos que están en la Liga 18 que viven aquí en Villa Nueva. Nos han robado dos veces. Una vez se metieron en el depósito y se llevaron todos los zapatos. Otra vez vinieron de noche cuando estábamos en casa. Golpearon la puerta hasta que abrimos. Tenían cuchillos. Los reconocí a todos; dos estaban en mi misma clase. Nos encerraron en la cocina, y se llevaron el televisor, el tocadiscos, la radio y los floreros. Cuando se fueron le prendieron fuego al auto de papá.

—¿Están en la cárcel ahora?

—No, no los denunciamos. Nos dio miedo hacerlo.

—¿Tienes miedo cuando estás aquí?

—Sí, siempre.

Se fueron caminando de la casa cargando dos bolsas grandes de plástico llenas de zapatos. Dogboy estaba tan desconcertado que no se le ocurrió preguntar nada más. Él había creído que el miedo era algo que solo se experimentaba cuando uno vivía en la calle; él creía que todos los que vivían en casas y podían cerrar las puertas por la noche no tenían nunca miedo.

Una bocina hizo que Alicia se detuviese.

—Es el autobús de los libros —gritó, y empezó a correr hacia la cancha de fútbol, siguiendo a un pequeño autobús decorado con alegres dibujos de niños. Venían niños corriendo de todas partes, descalzos y llenos de mocos. Del autobús se bajó un hombre, extendió unas alfombras de junco en la tierra y extendió sobre ellas un montón de libros con tapas alegres y coloreadas. Los niños se abalanzaron sobre los libros ilustrados, los olieron y se sentaron a mirar las figuras. Se dejaron envolver por ellas. Dogboy vio un libro que reconoció. *Hansel y Gretel*. Ese libro lo había visto en su escuela. Lo había leído. Lo tomó antes de que otro se lo quitase, se sentó en la alfombra y lo abrió para leerlo.

Pero no pudo.

Las letras ya no formaban más palabras. Sin ningún libro para leer, se había olvidado de cómo hacerlo.

Dejó el libro lentamente y dijo:

—Quiero irme.

No le quería decir a Alicia que no sabía leer. Le daba mucha vergüenza.

Mientras se iban de la cancha enorme y polvorienta oyeron cómo el hombre del autobús con los libros les decía a todos los niños que les iba a leer un libro en voz alta.

La lluvia lo despertó durante la noche. Dogboy y los perros se empaparon antes de que pudieran ponerse a cubierto debajo de un techo. Temblando de frío estaban los tres muy juntos, escuchando la lluvia que corría por las alcantarillas de la acera. Las noches en que llovía eran las peores si uno dormía en la calle. Hacía demasiado frío como para dormir. Los perros y él estuvieron debajo del techo hasta el amanecer. La mañana era triste y melancólica; a pesar de que había decidido dejar de usar drogas sacó el frasco con pegamento que tenía dentro del suéter y empezó a inhalar antes de que el tránsito empezara.

Pensó en los padres de Alicia. Todavía no se había atrevido a presentarse delante de ellos. Hoy tampoco, iba a esperar que se fueran. Cuando llegó al último trecho del Primer Puente la lluvia paró y un delgado rayo de sol se asomó por entre las pesadas nubes, y él pensó en el beso que se habían dado dentro del depósito, el día anterior. "Cuando me mude a la casa de Alicia", pensó, "la voy a besar todas las veces que estemos allí, la voy a besar todos los días por el resto de nuestra vida".

Cuando se detuvo frente al puesto y olió el vago olor a zapatos y estiró la mano para tocarla, vio cómo la alegría se cambiaba a espanto en sus ojos. Debía de haber visto algo detrás de él.

Se dio vuelta rápidamente y vio la pandilla de Chancho venir hacia él. Chancho y sus amigos eran los niños de la calle que dominaban esa esquina de la ciudad. Tenían piedras en las manos.

—¿Qué hacés aquí? No tenés que hacer nada en esta orilla del río. Este es nuestro territorio.

Le tiraron piedras.

Solo una lo alcanzó. Le pegó en la mandíbula con un golpe seco. En el momento siguiente estaba en el piso y oyó cómo Alicia gritaba y los perros ladraban. Cuando levantó la cabeza vio sangre, su propia sangre que corría por la acera. Un diente estaba flojo y se le cayó cuando escupió.

Mucho pegamento y el encuentro con doña Leti

Dogboy se detuvo y se miró en el espejo de una vidriera. La mejilla se le había hinchado y parecía una pelota roja, y tan pronto como abría la boca se veía que le faltaba uno de los dientes delanteros. Le parecía que era feísimo. ¿Cómo se iba a animar a dejarse ver por Alicia? ¿Y cómo lo iban a aceptar sus padres ahora, cuando una pandilla entera de niños de la calle lo habían atacado en su propio puesto de ventas?

Pasó una semana antes de atreverse a ir. Claro que le tenía miedo a Chancho y su pandilla de muchachos de la calle, algunos ya crecidos, pero lo peor era que estaba feo, que había perdido un diente y que la mejilla estaba todavía hinchada.

Pero después de una semana no aguantó más, tenía que verla.

Pasó el Primer Puente, cruzó el río maloliente y se quedó parado.

El puesto de Alicia no estaba más.

—¿No han venido hoy? —le preguntó al hombre que tenía el puesto de al lado y que vendía carteras.

—No van a volver.

—¿¿¿Qué???

—No. Les robaron en su casa de Villa Nueva, dos veces. Por eso se decidieron a emigrar. Vinieron a despedirse hace tres días. Están en Miami, en Estados Unidos. Se mudaron a la casa de un hijo que tienen allí.

Abandonado.

De nuevo abandonado.

¿No se terminaría nunca? Primero su madre. Luego su padre. Ahora también Alicia. ¿Por qué no le había dicho nada? ¿Por qué no lo había prevenido? ¿Por qué no se había quedado con él, aunque sus padres se hubieran ido?

Se escapó de la pesada realidad con la ayuda del pegamento. Tres frascos de pegamento por día lo hicieron olvidar casi todo y lo ayudaron a dormir mucho y profundamente. Los días volaban. Cuando no tenía pegamento, los pensamientos prohibidos volvían. Alicia, ¿por qué no dijiste nada? Mamá, ¿por qué no vienes a buscarme? ¿No he esperado suficiente? Tanto pegamento lo dejaba tan cansado que dormía a la luz del día en diferentes lugares de la acera en la calle que se llamaba Calle Real. Su único consuelo eran los perros, lo lamían en las manos y en las mejillas. Emmy dormía sobre su estómago, Canelo dormía muy pegado a su espalda.

Un día un gruñido de Canelo y los ladridos agudos de Emmy lo hicieron despertar e incorporarse. Tenía los ojos pesados y el cerebro no le funcionaba muy rápido, pero vio una mujer que estaba agachada a su lado en la acera. Dogboy se dio cuenta de que ya estaba claro y la calle estaba llena de autos. Había dormido hasta muy tarde.

—Yo soy la que vende carne asada en la esquina —le dijo la mujer—. Te he visto muchas veces con los perros. Necesito un poco de ayuda con el puesto, si me ayudas te puedo dar comida para ti y para los perros.

Así empezó una amistad.

Desde este momento Dogboy tenía un trabajo y una amiga adulta.

La mujer se llamaba Leticia pero toda la gente la llamaba doña Leti. Cada mañana venía con sus bolsas llenas de carne, ensalada y tortillas de maíz. Si Dogboy no la estaba esperando allí lo iba a buscar al lugar en donde dormía y lo despertaba. Los perros ya no gruñían ni ladraban cuando ella venía sino, al contrario, iban corriendo a recibirla moviendo la cola. A Dogboy le gustaba que doña Leti lo despertase. Lo despertaba siempre con una suave sacudida en el brazo y una sonrisa. Se levantaba e iba a un depósito en donde ella guardaba los bancos, la mesa, el asador, las bolsas de carbón y el techo de lona. Los perros lo seguían y estaban contentos porque sabían que doña Leti quería decir comida. Dogboy y doña Leti armaban el puesto y el asador y cuando todo estaba listo ella sacaba un termo con café y se sentaban en el banco y tomaban café juntos. Cuando el asador empezaba a calentarse y la primera carne se asaba era Dogboy el que comía primero: carne asada, ensalada, tortillas de maíz y un refresco. Los perros se comían los huesos.

Venían muchos clientes al puesto de doña Leti durante el día; todos comían carne asada y doña Leti guardaba todos los huesos que quedaban para Emmy y Canelo.

Al principio, el acuerdo entre ellos era solo de que Dogboy la ayudaría a montar el puesto por la mañana a cambio de un poco de comida. Pero Dogboy no se podía separar de doña Leti, estaba siempre cerca del puesto. Empezó a hacerle los mandados, le conseguía cambio de billetes grandes, se sentaba en el banco y hablaba con todos los clientes que venían a comer. Entonces empezó a darse cuenta de que era una persona, un ser humano. Para la mayoría de los que venían a comer al puesto y que hablaban con él, él no era una basura ni un indeseable ni alguien que merecía estar muerto o en la cárcel. Para ellos él era el ayudante de doña Leti, una persona de verdad.

—Alex es bueno —la oía decirles a los clientes, ya que ella se negaba a decirle Dogboy—. Alex es bueno y trabajador. Y honesto. Yo lo puedo mandar con dinero a hacer compras. Vuelve siempre y no se queda con nada.

Era cierto. Dogboy que se había mantenido todos estos años en la calle pidiendo y robando no le robaba nada a doña Leti. Ella era su amiga, una amiga de verdad, la primera amiga de su vida.

—Y a un amigo no se le roba —les dijo a los perros cuando nadie lo oía.

—Yo te quiero —le dijo doña Leti un día y cuando Dogboy oyó eso el corazón le latió fuertemente. Esas tres palabras no las había escuchado de nadie—. Yo te quiero pero no quiero lo que tú haces. Trata de terminar con el pegamento, no está bien. Te arruina el cerebro. Sé que es difícil de dejar, pero trata de disminuir la dosis.

Dogboy trató de hacerle caso.

Su vida era ahora diferente. Antes trataba siempre de mantenerse despierto por las noches, ya que las noches eran lo más peligroso para los que vivían en la calle. Él y los otros niños de la calle se mantenían despiertos por la noche, porque era la hora más fácil para robar. La forma más fácil de sobrevivir en la calle era robarles a los hombres borrachos que salían de los restaurantes o a los que estaban tan borrachos que se dormían en la calle. Ahora que tenía trabajo y tenía que levantarse temprano se acostaba también temprano. Y como él estaba todo el tiempo rondando el puesto de doña Leti, le tocaba a él guardar todo en el depósito y cerrar por la tarde.

Antes de que doña Leti tomara el autobús para irse a su casa en donde estaban su marido y sus cuatro hijos, le daba siempre un poco de dinero.

Compra un poco de comida, no compres pegamento.

Dogboy trataba. Trataba de veras. Pero no siempre lo conseguía.

Cuando doña Leti vio que él se esforzaba le dijo:

—Fue mi madre la que empezó con este puesto. Ayudó a tres niños de la calle. Les dio trabajo. La ayudaban con el puesto. Ella consiguió que dejaran de usar drogas. Todos ellos dejaron las drogas, dejaron la calle y consiguieron trabajos comunes. Todos tienen mujer e hijos hoy y viven en casas. Mi mamá es vieja y ya no trabaja más, pero los muchachos estos la vienen a visitar de tanto en tanto.

Dogboy se enojó.

Se puso furioso.

Se dio cuenta de que inventaba esa historia de los tres muchachos solo para que él dejara de inhalar. Pero no creía en sus historias. Era todo mentira. Si uno era un niño de la calle, uno lo era para toda la vida, nadie salía de la calle. O a uno lo mataban joven o uno se convertía en un adulto marginado, sucio y maloliente.

El sueño de todos los niños de la calle era convertirse en un miembro de alguna de las "maras" criminales, la Liga 18 o la "mara" que se llamaba MS, pero los niños de la calle no eran casi nunca aceptados como miembros. No se les tenía confianza, eran estúpidos, adictos a las drogas.

Dogboy no quería oír historias inventadas, por eso se enojó. Les silbó a los perros y se fue con pasos largos, enojado.

A la mañana siguiente no estaba esperando a doña Leti cuando ella vino. Cuando ella lo buscó pudo notar que él no estaba durmiendo en su lugar habitual. Estuvo alejado dos días, luego volvió.

—¿Qué pasó? Me di cuenta de que estabas enojado.

—Me puse furioso cuando inventaste eso de los niños de la calle que hoy tienen trabajos comunes y mujer e hijos y que viven en casas y vienen a visitar a tu vieja mamá. Está mal inventar algo así. Todos los niños de la calle sabemos que no tenemos ningún valor, somos basura, cuando uno ha elegido la calle no sale más. Es así.

Unos días más tarde vino un hombre joven con su mujer y sus dos hijos chiquitos y se sentó en el banco delante del puesto. Parecían ser amigos de doña Leti, porque antes de sentarse la besaron en las mejillas; los niños también.

—Este es Teófilo Vargas, antes se llamaba Chino —dijo doña Leti.

—Yo era un niño de la calle, viví en la calle cinco años —dijo Teófilo—, pero doña Leti y su mamá me dieron trabajo. Me regañaban cuando yo inhalaba pegamento y fumaba marihuana. Una vez la mamá de doña Leti me dio una bofetada. Finalmente pude salir de las drogas y conseguí trabajo en un taller mecánico. Todavía trabajo allí. Soy especialista en reparar autos japoneses.

Dogboy estaba mudo.

—Mira lo limpio que es Alex —dijo doña Leti—. Se ducha en la tienda de videos. Y allí también puede lavar la ropa, aunque a veces se olvida y empieza a estar sucio de nuevo, entonces yo me llevo su ropa para mi casa y se la lavo.

—Eso hiciste por mí también —dijo Teófilo Vargas.

Lo más maravilloso con doña Leti era, para Dogboy, que ella se preocupaba por él. La vida se había vuelto más peligrosa en Honduras para todos los niños de la calle y para todos los que eran jóvenes. Había una guerra y el enemigo parecía ser todos los jóvenes. Una mañana vino la vieja pandilla de Dogboy al puesto.

—¿Han visto a Noel?

—No —dijo Dogboy.

—No vino a dormir con nosotros anoche.

Ya estaban drogados los cinco y empujaron la mesa y le pidieron comida a doña Leti. Ella les dio una tortilla a cada uno. Mientras allí comían, vino otro niño de la calle gritando y corriendo:

—Hay un muchacho baleado debajo del puente.

Dogboy y los perros corrieron y todos los de la pandilla corrieron también. "Seguro que es Noel", pensó Dogboy. Una vez habían sido amigos y Noel había sido siempre cariñoso con los perros. Era el único al que él se había animado a dejarle los perros para cuidar.

Cuando llegaron al puente se inclinaron sobre la baranda y vieron que había un niño muerto en la tierra al pie del puente. El cuerpo estaba en una extraña posición, torcido. La policía estaba ya en el lugar y oyeron que uno decía:

—Le dispararon nueve tiros en la cabeza.

Dogboy y los otros se empujaron y se rieron, se rieron porque estaban aliviados, porque no era uno de ellos, porque no era su amigo Noel. No conocían al muchacho muerto; se veía que no era un niño de la calle por la ropa. Tenía pantalones *jeans* azules, camisa blanca y zapatos de cuero.

A la mañana siguiente doña Leti leyó el diario en voz alta. El muchacho asesinado tenía

16 años. Venía del campo y había venido a la ciudad para trabajar. Iba a vivir con parientes. Había llegado a la ciudad en el autobús el mismo día en que lo mataron. No había sido un robo como decía en el periódico porque el muchacho muerto tenía 200 lempiras en el bolsillo.

—Una muerte de un joven otra vez —dijo doña Leti—. Una ejecución. Alguien, quién sabe quién, mata a los jóvenes porque cree que todos los jóvenes son criminales y peligrosos. Han matado a 800 jóvenes los últimos años y parece que cada vez es peor. Estoy preocupada por ti, Alex. Empiezas a tener la edad suficiente como para que te maten a ti también.

Alex no pudo evitar sonreír cuando ella dijo eso. Antes de que la encontrase no había habido ningún adulto que se preocupara de si él vivía o estaba muerto.

—Pienso que tienes que dejar de dormir en la calle.

—¿Pero dónde ha pensado que voy a dormir entonces?

—En mi casa no hay lugar, tengo cuatro hijos y apenas tenemos lugar para nosotros. Si no, te hubieras podido mudar a mi casa. ¿No puedes tratar de encontrar un lugar para no dormir a la intemperie?

Esa tarde los perros empezaron a ladrar. Se metieron entre las piernas de la gente y desaparecieron. Dogboy se quedó inmóvil, sus perros no acostumbraban comportarse así. No sabía si tenía que ir detrás de ellos o qué. Entonces los vio venir, andando lentamente, a su gran perro marrón Canelo y la pequeña perrita manchada Emmy. Venían muy despacio cada uno al lado de alguien que se arrastraba lentamente por la acera. Solo cuando la persona llegó a su lado, Dogboy se dio cuenta de quién era. Era su amigo, el niño de la calle Noel. Le sangraban la cabeza y la nariz, lo habían maltratado tanto que estaba casi irreconocible.

—Voy a llamar a la ambulancia —dijo doña Leti.

Un auto fantasma y un chofer de taxi que se ríe

Estaban sentados en los escalones, Dogboy y los otros cinco muchachos de su antigua pandilla de niños de la calle. A sus pies estaban los perros de Dogboy y dormían; Canelo roncaba ruidosamente.

Los chicos estaban sin embargo bien despiertos y seguían con la mirada a cada uno de los autos que pasaban por la calle. Auto blanco. Auto azul. Blanco. Rojo. Blanco.

—¡Ahora viene uno gris!

Se quedaron rígidos y miraron fijamente el auto gris que pasó al lado de ellos. Pero no se fueron corriendo porque este auto gris no tenía ventanillas polarizadas y podían ver al que manejaba claramente. Como todos los niños de la calle, les tenían miedo a los autos grises. Se decía que la mayoría de los niños que eran asesinados, morían a manos de gente que viajaba en autos grises con ventanillas polarizadas. Todos habían visto un auto del que las ventanillas bajaban lentamente y la boca de una escopeta se asomaba. Dos de los seis muchachos que estaban sentados en los escalones habían visto a alguien que era asesinado desde un auto.

La conversación empezó a girar en torno al "automóvil fantasma". Mientras todos los adultos discutían si eran policías o asesinos a sueldo o militares que mataban a los jóvenes, todos los niños de la calle estaban convencidos de que los asesinos no eran seres vivientes, sino fantasmas.

"Los autos fantasmas eran grises y tenían las ventanillas polarizadas para que nadie pudiera ver al fantasma que manejaba", decían los niños.

—Pero como es un auto fantasma también puede cambiar de color —dijo Erik—. Y si la policía les dispara los agujeros de balas desaparecen.

—¿Saben si fue un auto fantasma el que se llevó a Noel?

Nadie respondió porque nadie había visto nada. Solo lo habían visto venir maltratado y que se lo habían llevado en una camilla en una ambulancia.

—No lo creo —dijo Dogboy—. De un auto fantasma le disparan a uno. Y a Noel no le dispararon, solo lo maltrataron. Y él sobrevivió, nadie sobrevive un ataque del auto fantasma de color gris.

Estaban asustados ahora y miraban con atención todos los autos que pasaban a su lado.

—¿Quiénes son de verdad los que maltratan a los niños de la calle? —dijo uno de los chicos.

—Puede ser cualquiera —dijo Dogboy.

—Puede ser un policía —dijo otro.

—Puede ser alguien rico —dijo Erik—. Una vez cuando yo estaba tirado justo en esta escalera y estaba bastante ido por las drogas, vino un auto negro y brillante que se detuvo aquí al lado. De allí salió un hombre que me dio una patada en la cabeza. Y se fue.

—Era alguien al que le gusta maltratar. Metieron a Noel en un auto, lo llevaron a un terreno baldío y le dieron una paliza.

Todos creían que había sido así. Los cinco de la pandilla habían vivido cosas así.

—Pero yo no —dijo Dogboy. Solo la vez que la policía lo había llevado a la Cuarta—. Todas las otras veces que alguien ha intentado meterme en un auto los perros me han defendido. Pero un día me encontré con un policía que me arrestó en la calle y me obligó a poner las manos sobre una mesa de un café. Y me pegó con el bastón.

Dogboy levantó sus manos en el aire y todos pudieron ver que el dedo meñique de la mano izquierda estaba un poco torcido.

—No se puede enderezar.

—¡Qué tipo de mierda!

—¿Creen que la ambulancia llevó a Noel al Hospital Escolar?

—Seguro —dijo Erik—. Allí hemos ido todos, cuando nos han apuñalado o algo así. Es el hospital de los pobres.

—¿Y si lo fuéramos a visitar?

—Tonto —dijo Erik—. Sabes que nunca nos dejarían entrar.

En ese momento Dogboy miró el sol y pensó que era el momento de irse. Él tenía un trabajo que cuidar. Pronto doña Leti cerraría el puesto y él tenía que estar cerca para ayudarla a llevar todo al depósito.

Los perros estaban todavía durmiendo, pero no necesitó silbarles, tan pronto como él se levantó y empezó a caminar se despertaron alertas. Emmy iba con dificultades. Iba a parir sus cachorros cualquier día de estos. Esto ponía a Dogboy muy nervioso. Había tenido cachorros dos veces y las dos veces se los habían robado. No podía suceder una vez más. Esta vez no los iba a perder de vista un solo minuto.

Había un taxista que comía carne asada y se reía sentado en el banco del puesto de doña Leti. Su taxi blanco estaba aparcado afuera del puesto. Se reía mucho y parecía simpático. Cuando Dogboy se sentó en el banco a su lado y levantó a Emmy y le acarició la barriga hinchada, el taxista también los acarició.

—Tus preferidos, ya veo —dijo—. La perrita va a tener cachorros en cualquier momento.

—El muchacho está inquieto por ella —dijo doña Leti metiéndose en la conversación, porque así era siempre en su puesto, todos hablaban con todos.

—La otra vez le robaron todos los cachorros —prosiguió hablando—. Seguro un ladrón que los vendió luego en el Parque Central.

—No es fácil ocuparse cuando uno vive en la calle. Cuando los cachorros empiezan a correr de un lado para otro es difícil cuidarlos y es fácil para un ladrón llevárselos —dijo Dogboy, porque le tomó confianza al hombre. No acostumbraba contarle a todo el mundo que vivía en la calle. Como se lavaba casi todos los días y usaba ropa limpia uno no podía ver enseguida que era un niño de la calle. A veces jugaba a que era un niño cualquiera, con una gorra de béisbol, a veces simulaba que era el hijo de doña Leti.

—Si quieres me puedo llevar a la perra para mi casa —dijo el taxista y rio con una sonrisa amplia—. Ahí puede tener los cachorros. Y después te devuelvo a la madre y a uno de los cachorros, pero me quedo con el resto. Como pago porque vive conmigo y le doy de comer. No voy a vender los cachorros sino que me voy a quedar con ellos. Me gustan mucho los perros.

Todo fue tan rápido.

El sonriente chofer de taxis levantó a Emmy, la puso dentro del auto y se fue con ella.

—¿Era un amigo tuyo? —le preguntó Dogboy a doña Leti.

—No, no lo había visto nunca.

—¿Cómo se llama?

—No tengo idea.

—¿Viste el número de su taxi?

—No.

Esa noche hubo rayos y truenos seguidos de una fuerte lluvia. Dogboy se acuclilló debajo de un techo con los brazos alrededor del cuerpo caliente y grande de Canelo. Dogboy lloró recostado contra el cuerpo del perro.

—Pero el taxista parecía tan bueno —le dijo al perro—. No puede haberme engañado. Tiene que volver con Emmy y el cachorro como me prometió.

Se durmió apenas al amanecer. Cuando se despertó Canelo también se había ido.

Perseguido

—¡Canelo! ¡Emmy!

Dogboy corrió a lo largo de la Calle Real en donde había ido tantas veces con sus perros. Gritaba los nombres de los perros mientras corría.

Corrió por en medio del mercado gritando y corrió sobre el Primer Puente hasta el centro, pasó al lado del restaurante de don Pepe y el Parque Central y la catedral y los ministerios y las calles peatonales. Corrió hasta que el pecho estuvo a punto de estallarle y le parecía que algo dentro de él se iba a romper. Pero no se dio por vencido, corrió hasta que ya no sintió más dolor, estaba más allá.

Así que siguió corriendo.

Se chocaba empujando a los demás que iban por la acera.

Tan pronto como veía un taxi blanco veía quién lo manejaba. Pero todos los taxis en esta parte de la ciudad eran blancos y abollados como el auto que se había llevado a Emmy. De pronto se acordó de todos los perros muertos que acostumbraban flotar en el río y sintió un terrible miedo. Dejó de correr y de mirar a los autos blancos y abollados; se fue con paso cansino en dirección al río.

Se quedó parado en el medio del Primer Puente que cruzaba el río y miró para abajo, para el agua. No vio ningún perro muerto. Lo único que vio flotando eran bolsas de plástico azules.

Pero sí vio que había muchas aves de carroña en los árboles al otro lado del río y alrededor de un camión de basura que justo en ese momento descargaba su contenido. Le volvieron las fuerzas y corrió a ver qué era lo que hacía que los pájaros, llamados zopilotes, se juntaran. Vio que eran restos de un matadero y no un querido perro muerto.

Buscó por varios días, no comió nada, solo fruta que les pedía a los verduleros o que se arrebataba cuando pasaba al lado de un puesto. No encontró a sus perros y nadie le pudo decir nada de su paradero.

Sin sus perros era un niño infeliz y sin casa, sin meta ni sentido. Al cabo de tres días volvió al puesto de doña Leti. El rostro de ella brilló de alegría cuando lo vio, lo abrazó y le habló rápido mientras lo apretaba. Le dijo que había tenido miedo de que le hubiera pasado algo. En el diario decía que el nuevo presidente había lanzado la Operación Cero Tolerancia. 8000 policías y 7000 soldados patrullaban las calles.

—No me importa nada —dijo Dogboy—. Primero el taxista se fue con Emmy y ahora Canelo desapareció.

Doña Leti puso más carne para asar en el asador y pronto quedó rodeada de una nube de humo. Le dijo que apenas la carne se asara le daría de comer.

—Estoy inquieta por ti, Alex. Se están llevando a los que son como tú ahora.

—No le tengo miedo a la gente —dijo Dogboy—. En esta ciudad todos tienen miedo. Miedo de la policía. Miedo de las "maras" criminales. Miedo de los militares. Miedo del auto fantasma. Todos insisten con lo mismo, usted también. "¿No tienes miedo de caer en la cárcel?", me preguntan. "¿No tienes miedo de que te atropelle un auto cuando estás drogado? ¿No tienes miedo de que te maten?". No, no tengo miedo. Yo creo que si uno tiene miedo uno atrae a la gente que quiere hacerle mal. Cuando uno no tiene miedo uno va con un invisible muro de protección en torno a uno. Además, es Dios el que decide si uno se muere. Yo no me preocupo.

—Pero yo me preocupo —dijo doña Leti, y le puso ensalada y dos trozos de carne asada en el plato. Dogboy comió en silencio y con hambre. Comió rápido, puso los huesos en una bolsa de plástico, se levantó y dijo:

—Tengo que seguir buscando.

Primero tenía que encontrar a su vieja pandilla. Quizás ellos sabían algo. Estaban sentados en los escalones de siempre, en donde él había estado sentado con ellos cientos de veces, pero esta vez no estaban ni Noel ni los perros. Fuera de eso todo parecía igual. Los muchachos tenían bolsas de pegamento en las manos, pero debían de haber empezado recientemente, porque no parecían cansados sino que se reían y hacían bromas. El ruido de unos frenos los hizo ponerse en estado de alerta; un camión gris se detuvo al lado de ellos, en la carrocería había soldados con fusiles prontos a disparar. Incluso antes de que el camión se detuviera los soldados se habían bajado corriendo y venían hacia ellos.

Dogboy que no se había drogado por varios días reaccionó más rápido que los demás. Corrió. Y corrió deprisa. Oyó gritos detrás de él, se dio vuelta mientras corría y vio cómo los chicos que habían estado sentados en los escalones eran apresados y llevados al camión, pero uno de los soldados lo había visto a él y empezó a perseguirlo.

Dogboy oyó al soldado acercarse. El golpe duro de las botas contra la acera. El soldado estaba inmediatamente detrás de él ahora. Dogboy trató de correr aún más rápido. Adelante vio el árbol en la isla en medio del tránsito, y debajo del árbol estaba sentada la viejita que vivía allí con todos sus cacharros. Estaba agachada orinando y tenía como de costumbre su gorra rosada en la cabeza. Dogboy pensó que no tendría que haber dicho eso de que nunca tenía miedo. No era cierto. Ahora tenía miedo. Tenía mucho miedo. Se metió por delante de los autos corriendo al mismo tiempo que daba vuelta la cabeza para mirar. Detrás de él corría el soldado con el fusil colgando de esa manera que él había visto que los soldados llevan sus armas en las películas de guerra. Un auto atravesó y perdió de vista al soldado en el mismo momento

en que llegaba a donde estaba la viejecita sentada. Ella estaba todavía agachada orinando, pero levantó unas bolsas y le hizo un gesto con su mano
que parecía una garra.

Dogboy se tiró al suelo, se arrastró y se metió debajo de los sacos.

No tendría que haber dicho jamás eso de
que no tenía miedo, este era el castigo. El miedo le
hacía temblar todos los nervios del cuerpo, el corazón le latía con fuerza, escuchaba y trataba de
respirar conteniendo el aliento. Trató de quedarse
lo más inmóvil posible. Y de no estornudar. Pero
oía las botas militares acercarse.

El olor de las bolsas llenas de moho le irrita-
ba la nariz y no pudo dejar de estornudar; trató de
atenuar el sonido con la mano.

Entonces oyó un sonido terrible.

La voz de un hombre justo al lado de las
bolsas.

—¿No ve que estoy orinando? —gritó doña
Cecilia. ¡Váyase! ¿O es un degenerado?

Luego silencio.

Solo el ruido del tránsito y el corazón pul-
sando fuertemente.

Por fin alguien levantó los sacos y se hizo
la luz, pero no era el rostro de los soldados lo que

él veía sino la sonrisa desdentada de doña Cecilia que lo miraba.

—Ya se fue. Todos los soldados se han ido ya.

Se fue lentamente a sentarse a su silla de plástico azul.

—Es el nuevo presidente que intenta mostrarse fuerte limpiando la calle. Toda la mañana he visto pasar camiones con soldados. Se han parado en todas partes y se llevan a los niños de la calle. Y a los adultos marginados. Y a los mendigos. Aunque a mí no me han llevado, no todavía.

—¿Y adónde los llevan? Creo que se llevaron a mis amigos.

—Nadie sabe a dónde llevan a la gente los soldados. Quizás a institutos de educación. O a cárceles, no lo sé.

—Gracias por su ayuda de todos modos —dijo Dogboy y se sacó el polvo de los pantalones.

—¿Pero no eres tú el de los perros? ¿Dónde los tienes?

—Han desaparecido —dijo Dogboy y la tristeza le volvió con toda su fuerza—. A la más chiquita se la llevó un taxista y el grande desapareció sin dejar rastro.

—Son tiempos difíciles para todos nosotros que somos los más pobres. Me gustaría tener una imagen de la Virgen de Suyapa, ella protege mucho, dicen todos.

Dogboy que jamás había visto una estampita y que nunca había querido tener una, asintió con la cabeza y se retiró unos pasos.

—No estés en la calle por unos días —le dijo la viejita.

Cuando Dogboy había conseguido avanzar por entre los autos y llegó a la acera se dio vuelta y miró a la anciana que seguía allí sentada rodeada de todas sus cosas.

Él le hizo adiós con la mano y ella le gritó:

—Vete a las ruinas en la Primera Avenida. Hay una casa en escombros con techo de paja. Escóndete allí un tiempo.

Esconderse. Ridículo. Dogboy no pensaba hacer eso, iba a seguir andando por la ciudad buscando a sus perros.

Algo lo hizo cambiar de idea. Vio a cinco jóvenes soldados venir hacia él, llevaban a un hombre viejo y rengo hacia un camión militar. Dogboy lo reconoció. Era un mendigo. Tenía heridas en las piernas y acostumbraba pedir afuera de la iglesia. Los militares lo subieron al camión y miraron alrededor buscando a más gente para llevar.

Solo entonces Dogboy se dio cuenta de que era peligroso estar en la calle, por lo menos en ese momento. Tuvo de nuevo miedo. Empezó a correr a lo largo de la Primera Avenida; todas las casas aquí eran ruinas, un día habían sido bonitas casas de piedra con muchos pisos, pero el huracán Mitch las había destruido. Un camión con militares venía ruidosamente en su dirección, se escondió detrás de un montón de piedras hasta que vio al camión irse. Siguió corriendo. Un nuevo camión se acercaba, entonces vio que una de las casas tenía todavía un pedazo de techo y un poco de paja. Se metió por un callejón y vio una puerta con unas tablas clavadas. Un tercer camión se acercaba. Con urgencia, golpeó la puerta con los puños.

La ruina

La puerta se abrió unos centímetros y vio una delgada cara de mujer. Ella miró quién era por la estrecha abertura de la puerta, luego la abrió lo suficiente como para que él pudiera entrar. Tan pronto como él entró cerró la puerta con un golpe seco y puso una cadena con candado.

Dogboy se quedó inmóvil casi sin aliento, tensos todos los músculos.

¿Quién era la mujer?

¿Por qué lo encerraba?

Estaba como una fiera, asustado y listo para escaparse.

Los años en la calle le habían enseñado a esperar siempre lo peor, a nunca confiar en una persona desconocida.

Entonces la mujer volteó la cara para mirarlo y sonrió; él vio que casi no tenía dientes. Seguro que no era muy vieja pero parecía mayor con un cuerpo tan delgado.

Sin decirle una palabra lo llevó de la mano a un cuarto grande sin techo; en la mitad del cuarto ardía un fuego y sobre el fuego había una olla con un guiso que hervía a borbotones. Un hombre con faldas y con los labios pintados estaba revolviendo la olla.

—Es doña Óscar —dijo la mujer—. Es sobre todo él, quien cocina aquí. Ven a ver a los otros.

Desde aquella vez en que Dogboy estuvo prisionero en la cámara frigorífica de un restaurante y de la vez en que el extranjero lo había encerrado en su mansión, a él no le gustaba estar dentro de una casa. Le producía angustia. Él prefería la libertad de la calle, quería mirar para todas partes. La mujer delgada y la puerta cerrada lo inquietaban. La mujer no dijo nada pero le siguió apretando la mano fuertemente y lo llevó a un rincón oscuro. Cuando los ojos se le acostumbraron a la oscuridad vio que había gente durmiendo en colchones por todas partes sobre el piso de cemento agrietado. Nadie se despertó cuando él entró.

Adentro había una cama grande. Allí había un hombre gordo que dormía de espaldas con la barriga redonda al aire. Alrededor de él había tres perros, uno blanco con manchas negras, uno marrón y un cachorro negro. La delgada mujer se dejó caer en la cama al lado del hombre dormido y abrazó a los perros.

Entonces la angustia desapareció. Dos adultos que dormían con perros. No lo había visto jamás. Claro que no eran sus perros, pero eran de todas formas perros y por primera vez en muchos días sonrió con su gran y contagiosa sonrisa.

La mujer le hizo señas y Dogboy se sentó en el borde de la cama, pero no pudo dejar de tomar al cachorrito negro y jugar con él.

—Me llamo Rosa —dijo la mujer—. El que está aquí acostado durmiendo se llama Carlos. Te puedes quedar a vivir aquí si quieres. Soy siempre yo la que abre la puerta. Si es la policía grito váyanse en voz muy alta para que todos los que están en la ruina lo oigan. Entonces se va todo el mundo. Hay una abertura por la parte de atrás. Si uno se va por allí llega al río, ¿entendés?

Dogboy asintió con la cabeza.

Había un pedazo de espejo en la pared. Cuando se estiró vio su pelo negro y despeinado, había perdido la gorra de béisbol corriendo. Tenía la boca cerrada para evitar que se viera que le faltaba un diente delantero.

—¿Te drogas?

Dogboy asintió de nuevo.

—A veces. Pero ahora ya van tres días que no inhalo.

—Está bien. No quiero que inhales mientras estás aquí dentro. De lo que hagas cuando estás afuera de la ruina no me preocupo, pero aquí dentro no usamos pegamento. Yo no me quiero tentar. Soy drogadicta o he sido drogadicta. Empecé a usar drogas cuando era más joven que tú. Usé todo lo que encontraba, pegamento, marihuana, cocaína. Me prostituía para pagarme las drogas. Tuve dos hijas. Hay muchos que mandan a sus hijos a pedir a la calle. Pero yo no lo hice nunca. Yo las encerraba cuando me iba a trabajar y a drogarme. Me di cuenta de que no era una buena vida para ellas y se las di a las monjas. Las monjas dijeron que iban a vivir en su orfanato y que iban a ir a la escuela. Fue lo más difícil que hice en mi vida pero yo sabía que si se quedaban conmigo iban a ser prostitutas, drogadictas y niñas de la calle. Hoy tienen

11 y 12 años. Las voy a visitar de vez en cuando. Van a la escuela y juegan al básquet. Ya no me drogo. No creí que pudiera dejar nunca la droga, pero hace cuatro años encontré a Carlos. Nos fuimos a vivir juntos. Carlos es un buen hombre que no usa drogas. Es cierto, a veces bebe alcohol y pelea, pero no se droga. Alquilábamos una casa pero se la llevó el huracán Mitch. Y a Carlos lo atropelló un autobús y perdió el trabajo. Entonces nos mudamos a esta ruina. Yo usaba drogas en ese entonces pero Carlos se enojaba tanto conmigo que intenté dejarla. Pero no es fácil. No se puede de una sola vez. Nadie puede hacerlo. Pero yo bajé la dosis. Hoy no uso ninguna droga. Dejo a todos los que son marginados que vivan aquí con nosotros, pero nadie puede usar drogas aquí dentro. Te puedes quedar a dormir aquí, pero si usas pegamento te echo para afuera.

Dogboy recorrió con la mirada a las personas durmiendo en el piso: había un banco con platos de aluminio abollados y un montón de ropas en un rincón. El gordo Carlos roncaba ruidosamente. Rosa continuó con su monólogo.

—Cada vez que encuentro a mis niñas les digo: no usen drogas jamás. No saben lo que es, es como un pulpo que lo aprisiona a uno con sus veinte brazos y uno no se puede soltar. Mírenme, miren a su madre como mal ejemplo, les digo. Yo las entregué para que no se convirtieran en lo mismo que yo. Lo hice porque las quiero, espero que lo entiendan. Miren qué lindas y limpias están ustedes, que van a la escuela y todo. Deben entender que las dejé para que tuvieran un chance de sobrevivir...

Dogboy había dejado de escuchar hacía un rato largo. Ya no tenía miedo. Se preguntaba si Rosa sabría algo de sus perros.

Cuando ella se calló le preguntó:

—No, no los he visto. Pero recuerdo que te vi a ti y a los perros. Les tirabas ramitas en la orilla del río.

Le dijo que podía dormir en uno de los colchones.

—El techo está roto, pero uno duerme bien si no llueve. Somos siete personas viviendo aquí ahora. Ninguno tiene trabajo. Pero intentamos dividir lo poco que tenemos de alguna manera. Casi cada día hay algo de comer. Los vas a ver a todos esta noche. No tienes pegamento, ¿verdad?

Dogboy se levantó de la cama y volteó los bolsillos para convencerla de que no tenía nada; se levantó el suéter para que viera que no tenía un frasco de pegamento allí.

—Si quieres puedes dormir un rato.

Dogboy se sintió de pronto terriblemente cansado. Se tiró en el colchón que estaba libre, silbó en un tono bajo y el cachorro negro vino, lo olió y se tiró a su lado con la cabeza en su brazo.

Dogboy se despertó con el ruido de voces que hablaban en voz alta y se quedó petrificado de espanto. Alrededor de él estaba oscuro, se levantó y tanteó buscando la abertura que llevaba hasta el río. Pero antes de que la encontrara notó que las voces eran amistosas. Que alguien se reía. Se dirigió al lugar de donde venía la risa y salió al patio en donde ardía un gran fuego. Sentada en un cajón al lado del fuego estaba Rosa, sus piernas delgadas sobresalían de la falda corta. Su marido Carlos estaba sentado en otro cajón. No se veían los perros. Carlos se levantó, le dio la mano y les dijo a todos que había otro muchacho aquí.

—Va a vivir con nosotros.

Dogboy miró todo con incertidumbre. Luego, cuando hablaba de ese día, lo contaba siempre de la misma manera: "Nunca había estado tan asombrado en mi vida, acostumbraba decir. Primero entro en una ruina y veo a dos adultos que duermen con perros en la misma cama. Yo creía que era solo yo el que hacía eso. Rosa y Carlos se llamaban. Me gustaron enseguida. Luego cuando salí al patio vi a siete personas alrededor del fuego. Los reconocí a todos. Estaban Rosa y Carlos, los de los perros. Y luego estaba doña Óscar, que había estado preso conmigo en la comisaría. Y también estaba Manuel Globo, lo conocí cuando nos había secuestrado el hombre con la casa tan bonita y luego nos habíamos encontrado de nuevo en la celda de la comisaría. Y estaba también el Rata. Era él quien me había dicho que la vida de niño de la calle era una buena vida. No lo había visto desde la vez en que nos escapamos de la casa del hombre rico. Y el milagro más grande de todos, dos muchachas. Y las conocía a las dos. Una era Margarita, la que tenía veinte perros y trabajaba en el basurero. La otra era Carla, la que él llamaba la Niña del Huracán. La había encontrado en una escuela después del huracán, ella estaba allí con sus hermanitos y su mamá que estaba enferma. Me dio sopa de frijoles".

—¡Miren, es Alex! —dijeron todos, que parecían reconocerlo también—. Qué lindo verte aquí.

—Siéntate y toma sopa —dijo doña Óscar—.

Comieron en los platos abollados y en latas de conservas vacías. Pero el gusto era rico, dijeron todos y doña Óscar parecía contenta y movía sus pestañas postizas.

Cuando terminaron de comer y habían vaciado sus platos y latas, guardaron silencio y miraron al chico nuevo. Querían que les contara todo. Todos los que llegaban hacían lo mismo.

—Tenemos toda la noche para escuchar.

Entonces Dogboy hizo algo que nunca había hecho en toda su vida de niño de la calle. Les contó todo lo que acostumbraba contarles a sus perros. Les contó de su madre. Y de su padre. Y del hombre rico. Y del trabajo en el basurero y del huracán y de su vida con los perros. Y de las veces en que lo habían maltratado y acuchillado. Les contó de su primer amor que se había ido a Estados Unidos. Y les contó cómo habían desaparecido sus perros.

No había terminado de contar cuando el fuego se apagó. Todos estaban muy callados en la oscuridad. Vio que Margarita se secaba las lágrimas y moqueaba un poco.

Esa noche Dogboy no pudo dormir. Todos los pensamientos lo cazaban como lobos salvajes; su mamá se le venía a la mente todo el tiempo, ya no recordaba cómo era. Le parecía que se había olvidado de su cara. Se revolvía en el colchón. Quería levantarse e ir a la Isla en donde siempre se podía conseguir pegamento. Pero pensó en Rosa y no lo hizo.

El guardaespaldas

—No podemos dejar la ruina —dijo Rosa—. ¿No entienden? Hay soldados y policías por todas partes en las calles. Se llevan a todos los que a ellos les parecen criminales. Dios sabe adónde los llevan. Nos tenemos que quedar aquí dentro. No podemos salir.

—Yo tengo un trabajo que atender —dijo Dogboy con voz orgullosa.

Cuando cerró la puerta detrás de él escuchó la voz angustiada de Rosa que le gritaba:

—¡No salgas, Dogboy! ¡Regresa!

Dogboy miró a su alrededor cuando salió de la ruina. Todo se veía diferente. Las calles estaban vacías. Vio venir a tres policías marchando por una calle peatonal. Caminó más rápido. Pero no quería defraudar a doña Leti. Miraba para todas partes. Veía por si encontraba a los perros. Y se cuidaba de los militares y de los policías. No vio ni a los perros ni a los militares. Llegó a la esquina y esperó a doña Leti. Cuando vino todo parecía ser normal. Le ayudó a montar el puesto, tomaron café del termo. Y luego doña Leti se puso a asar la carne. Dogboy se comió la primera porción.

—Estoy tan contenta de que estés de vuelta, Alex. Tengo una camisa y un par de *jeans* nuevos para ti. Estás horrible, muy sucio. Dúchate en la tienda de videos y lávate el pelo y péinate. Es importante que no parezcas un niño de la calle, porque los militares y los policías parecen estar llevándose a todos los niños de la calle en este momento. Se llevaron a tus amigos y no han regresado.

Dogboy entró a la tienda de videos. Se puso contento de ver que todas sus cosas estaban todavía en su estante, sus tesoros, el suéter limpio, los pantalones, el champú, el jabón, el peine y el desodorante. Se duchó, se lavó la cabeza y se puso la ropa nueva que doña Leti le había dado. Cuando estuvo listo comenzó a limpiar la tienda, como lo hacía todas las mañanas. Todavía no había venido ningún cliente y el vendedor estaba viendo una película.

—Ven a sentarte y a mirar —lo invitó.

Dogboy necesitó una sola mirada a la pantalla para saber que no era un video que él quisiera ver. Un hombre saltaba delante de un auto y le disparaba a otro con una pistola.

—No quiero ver películas con armas y gente matándose —dijo—. Me alcanza con ver eso en la realidad.

—Tú quieres solo mirar dibujos animados y películas sobre animales.

—Justamente —dijo Dogboy, que acostumbraba ver videos allí cuando el vendedor estaba de buen humor y le parecía que había limpiado muy bien. Lo que más le gustaba eran las películas sobre animales que desaparecían o eran vendidos pero que volvían a aparecer al final.

—Voy a ver si encuentro una buena película para ti —dijo el vendedor, y paseó la mirada por sus 2500 casetes de video que estaban desordenados—. Es una lástima que no sepas leer porque entonces me podrías ayudar a poner los casetes en orden. Hay muchas películas de Lassie que no has visto todavía.

Dogboy empezó a dormir en la ruina todas las noches. Las muchachas, Margarita y Carla Huracán, se habían ido, nadie sabía adónde. Pero era como si tuviera una casa. Y trabajo tenía. Todas las mañanas puntualmente esperaba a doña Leti. Cuando no había nada qué hacer se sentaba en el banco a mirar todos los taxis blancos. Esperaba poder encontrar al hombre que se había llevado a Emmy. Y miraba la acera esperando ver a Canelo, grande y peludo, venir corriendo.

Pero ningún taxista vino con una perrita blanca manchada de negro y ningún Canelo vino corriendo moviendo las orejas.

Se quedaba casi todo el tiempo en el puesto de doña Leti hasta que ella cerraba y la ayudaba a llevar las cosas al depósito y le daba algo de dinero. "No compras pegamento, ¿verdad?", le decía siempre doña Leti. Sin embargo se escapaba e iba a las casuchas de madera al otro lado del río en donde adultos les vendían pegamento a los niños de la calle. Se compraba una bolsa o un frasco y las inhalaba antes de ir a la ruina.

A pesar de que tenía un lugar para dormir y casi tenía una familia se sentía casi siempre deprimido. La alegría de vivir había desaparecido con los perros. Además, se preocupaba por las muchachas:

¿adónde se habrían ido? Sabía que era común que las muchachas que vivían en la calle desaparecieran sin dejar rastro. Extrañaba a sus perros y también a Margarita y a Carla Huracán. Y se arrepentía de haber contado de su padre y de su madre la primera noche en que llegó a la ruina. Ahora no podía parar. Le contó a doña Leti también. Y a la vieja Cecilia debajo del árbol. Y al vendedor en la tienda de videos. Pero la tristeza que él cargaba no disminuía porque ahora se animara a dejar salir su desilusión, al contrario, era peor.

Un día cuando estaba sentado en el banco en el puesto de doña Leti, vinieron Manuel Globo y el Rata.

Dogboy vio que estaban asustados.

—Vamos a ir hasta el Pedregal. Nos han dado una cita en la clínica del cura. Vamos a quitarnos los tatuajes. ¿Vienes con nosotros?

—Yo no tengo tatuajes —dijo Dogboy.

—Ya sabemos. Por eso queremos que nos acompañes. Queremos que seas nuestro guardaespaldas.

El triste Dogboy no pudo evitar reírse; era su primera risa en mucho tiempo. Le parecía enormemente cómico que él, que era tan bajito y tan delgado, les tuviera que hacer de guardaespaldas a estos dos muchachos, mucho más grandes y mayores que él.

—Sí, pensamos que estaría bien que vinieras por si nos detienen en el camino.

—¿Y por qué los podrían arrestar? —se metió doña Leti en la conversación.

—Estamos tatuados los dos, suficiente para que a uno lo detengan. La policía considera que todos los tatuados son criminales y tienen que ser detenidos. Queremos que Dogboy venga como testigo por si nos llevan. Él puede hacer la denuncia.

—Pero ¿y dónde hay que hacer la denuncia? —preguntó Dogboy.

—Tenés que ir a Amnistía o a Casa Alianza o a Compartir o a los Hermanitos. Vas a alguna de estas organizaciones y les decís si la policía o los soldados nos llevan —dijo el Rata—. Promete.

Afuera de la clínica había una larga cola. Al Rata y Manuel Globo les dieron un número a cada uno y se apartaron un poco, se sentaron en la tierra debajo de un árbol. Tenían miedo de que los arrestaran antes de que les sacaran el tatuaje; pero en ese momento tenían más miedo de que les doliera mucho. Manuel Globo se levantó la manga y mostró el tatuaje que tenía en el brazo derecho. Un corazón mal dibujado con el nombre de Elenor.

—Tan pronto como me lo saquen voy a ir a ver a mi mamá en Policarpo. La voy a tratar de convencer de que ella y mis hermanas pequeñas se vengan conmigo a la plantación de bananos en donde tengo trabajo y que alquilemos una casa. Quiero que vivamos juntos.

—Yo también voy a ver a mi madre —dijo el Rata—. He estado tan enojado con ella porque me dejó con mi abuela cuando yo era chico. El mes pasado la fui a buscar. Vive afuera de Texiguat. En el campo. Mi papá está muerto y ella tiene un campito que intenta llevar sola. Tan pronto como el tatuaje haya desaparecido me voy para allá. Le dije: "Mamá, voy a venir a casa para ayudarte con el campo".

Dogboy quería cambiar de conversación, no quería oír hablar más de madres, y le preguntó:

—¿Qué tatuaje tienes?

El Rata se levantó la camiseta y les mostró la espalda. Tenía tatuado un dragón.

—Eso te lo hizo un artista en tatuajes —dijo Miguel Globo—. El mío me lo hizo mi mejor amigo, el que mataron.

Entonces el Rata les contó algo que nunca había contado en las noches que habían pasado en la ruina. Él que era un niño de la calle había casi sido aceptado por una "mara" criminal en uno de los barrios más pobres. Como todos los que querían entrar había estado a prueba por un año y cuando el jefe de la "mara" consideró que estaba listo iba a hacer la prueba final. Su "mara" era una parte del gran grupo que se llamaba Liga 18. La prueba de entrada era pelear con dos miembros de la "mara" 18 segundos. Había reglas sobre cómo tenían que pelear. No pegar en la cara, ni en el estómago ni en los genitales. No usar ningún arma.

—Me tenía que pelear con dos mucho más grandes que yo, más pesados, pero yo aguanté los 18 segundos sin protestar ni pedir que pararan gritando: "¡No quiero más!" Era por la noche detrás de la iglesia de las Dolores. Después vinieron otros dos miembros de la "mara" y me dijeron ahora sí que eres miembro y te vamos a tatuar para mostrar. Te vamos a tatuar "Liga 18" en cada brazo. Y te vamos a tatuar las letras "MK" en cada dedo de las manos. "MK" quiere decir "Mortal Killer", Asesino Mortal, era el nombre de nuestro grupo. Ya había empezado a arrepentirme. Cuando uno es un niño de la calle uno roba, uno roba de algún puesto o roba de una cartera abierta. Pero cuando uno está en una "mara" es otra cosa. Una "mara" ataca y roba a mano armada. Me daban tanta lástima los que heríamos y robábamos que cuando me querían iniciar tatuándome el nombre de la "mara" yo ya no quería saber más nada, me fui solo. Me fui corriendo. He oído que me están buscando.

Dogboy y Manuel Globo se dieron cuenta de que era una cosa seria. Todos sabían que había solo dos maneras de dejar una "mara". Morirse, o hacerse miembro de una secta evangélica. Ser católico común e ir a la iglesia todos los domingos no alcanzaba. Había que ser evangélico.

—¿Se acuerdan de Wilfredo? —dijo el Rata. Todos ellos sabían quién era Wilfredo. Era miembro de la "mara" pero le dieron permiso para irse cuando se volvió evangélico. Iba a la iglesia tres veces por semana e iba para todas partes con una Biblia debajo del brazo. Pero no hace mucho los miembros de su vieja "mara" lo vieron tomando cerveza en un restaurante. Eso no se puede hacer si uno es miembro de una secta evangélica. Lo esperaron afuera.

—Lo mataron de cinco puñaladas.

—Oí que lo degollaron —dijo Dogboy.

—Por eso yo tengo tanto miedo —dijo el Rata—. No se puede dejar una "mara". Yo sé que los de mi vieja "mara" me están buscando. Pero en Texiguat en lo de mi mamá no me van a encontrar nunca.

—Números 21 y 22 —gritó alguien desde la puerta.

Manuel Globo y el Rata se levantaron, eran sus números. Estaban pálidos, sabían que allí dentro había un hombre que les iba a quemar los tatuajes con un rayo láser. Habían oído que dolía mucho. Dogboy prefirió quedarse afuera, no quería entrar.

Una mujer de unos treinta años empezó a hablar con él. Había vendido cocaína; era un coronel que le había conseguido la cocaína. Como vendedora de drogas había ganado en un día más que lo que su padre ganaba en un mes.

—Pero yo dejé de vender cocaína ahora —le susurró a Dogboy—. Solo espero que me quiten los tatuajes que indican que soy criminal y me voy a ir a vivir con mi madre. Tengo una hija. Tiene 9 años. Quiero vivir con ella y con mi madre, quiero vivir una vida normal. Aunque seamos pobres.

La mujer se calló y Dogboy no dijo nada. Estaba furioso. ¿Tenía todo el mundo que hablar de sus madres?

Dogboy se quedó sentado, callado y amargado.

Finalmente, Manuel Globo y el Rata salieron; tenían vendajes sobre los tatuajes quemados.

Parecían muy contentos. Se iban a ir de la ciudad ese mismo día. Manuel Globo para buscar a su madre. El Rata para mudarse al campo con su madre, afuera de Texiguat.

Estaban tan contentos que Dogboy no los soportaba más.

Se levantó y salió corriendo.

Ni siquiera les dijo adiós.

La clínica estaba en el Pedregal, era el barrio en donde había vivido con su tía y donde había ido a la escuela hasta que la había dejado, en tercer año. Fue a la casita verde de la tía. Era como él la recordaba. La puerta estaba cerrada pero tocó el timbre y de repente estaba su tía en la puerta, era bajita y gorda y tenía el pelo gris largo y suelto.

—Pero ¡si es Alex! —dijo—. Y yo que iba a salir a buscarte. Tu mamá llamó hace dos días.

Mamá, quiero verte la cara

—Este es su número de teléfono —le dijo Dogboy a doña Leti.

Doña Leti tomó el número.

Vio que el muchacho que tenía adelante no se podía quedar quieto, estaba tan ansioso que saltaba. Las lágrimas de alegría le volvían los ojos brillantes. Las palabras le salían a borbotones.

—Vive en Los Ángeles; es en Estados Unidos, ¿verdad?

—Sí —dijo doña Leti.

—La tía me dijo que estaba viviendo con un mexicano y que tenía tres hijos más. Ha trabajado en varios lugares: limpió en el aeropuerto, después como enfermera. La tía me dijo que era la primera vez que su hermana, mi mamá, llamaba en siete años.

—¿Cómo te sientes? —le preguntó doña Leti, que no podía sacar los ojos del muchacho que saltaba y se movía.

—Me siento feliz.

Doña Leti vio que el chico estaba especialmente sucio ese día. El pelo estaba despeinado y enredado, el suéter rojo tenía agujeros.

—Métete en la tienda de videos y dúchate y cámbiate de ropa y péinate bien. Luego vamos a la central telefónica para llamar a tu mamá. Y dame la bolsa con pegamento, no podés estar drogado cuando hablés con tu madre.

Dogboy nunca se había duchado con tanto cuidado: se restregó todo el cuerpo, se lavó el pelo con champú dos veces y luego se paró frente al espejo e intentó hacerse una raya en el pelo rebelde y negro. Silbaba. Por último salió a la luz del sol y se mostró a doña Leti, un jovencito limpio con el pelo peinado, un suéter azul limpio y en la mano una gorra roja de béisbol que le había regalado el vendedor. Se puso la gorra para atrás y dijo:

—Bueno, vamos entonces.

Estaba muy contento y tenía mucho miedo.

Dentro de la central de teléfonos doña Leti pagó por una llamada de seis minutos a Los Ángeles, una llamada personal a la madre de Dogboy. A Dogboy le dijeron que se sentase. Cuando gritaran su nombre tenía que ir a la cabina telefónica y descolgar el aparato.

—Tranquilízate, siéntate —le dijo doña Leti. Pero Dogboy no podía quedarse sentado tranquilo. Iba como una fiera enjaulada de arriba abajo. No creía haber vivido jamás una espera más larga.

—Alex Martínez, llamada en la cabina 3.

Corrió a la cabina y se tropezó. Adentro en la pared había un teléfono y lo descolgó gritando:

—Hola mamá, soy yo, Alex... Mamá, quiero verte la cara. Hace tanto que no te veo que ya no me acuerdo como eres. Mamá, quiero conocerte... No, ya no vivo con la tía, pero tengo un trabajo, ayudo a una señora que tiene un puesto y barro en una tienda de videos... Sí, estoy bien, pero quiero verte, quiero saber de ti, te he esperado tanto, te he esperado siempre... ¿No me puedo ir contigo?... ¿Me puedo ir a vivir contigo?

Cuando la conversación terminó sintió que las piernas le temblaban, se secó el sudor de la frente y se sentó en el banco al lado de doña Leti.

—¿Qué te dijo?

—Se quedó de piedra cuando llamé, pero dijo que estaba contenta de oírme la voz. Me dijo que había tenido problemas, la habían echado del trabajo y la habían desalojado, pero ahora tenía una casa de nuevo. El lugar en donde vive es peligroso, hay "maras", mis hermanos mayores se han metido en las "maras" y han estado presos, después me dijo que tiene tres hijos más, no vive con el papá de ellos sino con un mexicano. Es claro que quiero verte, me dijo. Yo también quiero conocerte, te he extrañado tanto estos años. Yo quiero que vengas, voy a hacer que vengas, pero ten paciencia, me dijo, va a tomar un tiempo. Quiero saber cómo eres y qué apariencia tienes.

En el camino de regreso Dogboy cantaba para sí mismo, yo tengo una mamá. He hablado con mi madre. Era un día especial. Tenía que marcarlo de alguna manera. Lo hizo sacando del bolsillo exterior de sus pantalones negros la bolsa con pegamento. La tiró en la calle, delante de un auto que le pasó encima. Ahora que había encontrado a su mamá no se iba a drogar más.

La alegría lo abrumaba.

—Voy a viajar adonde está mi madre —le decía a todo el mundo; hasta a los desconocidos que encontraba por la calle.

Pero todos le decían que si iba a viajar a Estados Unidos tenía que tener un pasaporte, un visado y un pasaje de avión. Era como un balde de agua fría. ¿Cómo podía conseguir eso?

—Si yo pudiera te ayudaría —le dijo doña Leti—. Pero yo no tengo dinero para comprarte ni el pasaporte ni el pasaje de avión. Le vas a tener que pedir dinero a tu mamá.

—No quiero. Voy a arreglármelas solo. Luego la voy a llamar y a decirle, ya llego. Me puedes ir a buscar al aeropuerto.

Dogboy ya se había hecho una nueva película dentro de su mente y la pasaba muchas veces. Está en un avión. El avión aterriza en Los Ángeles. Cuando se baja, su madre lo está esperando. Es joven y hermosa y tiene un ramo de rosas que le da al mismo tiempo que lo abraza y lo besa y le dice: "Alex, mi pequeño Alex. ¡Qué grande que estás!".

¿Pero cómo iba a conseguir dinero para el pasaje? Entró en una agencia de viajes. Un billete sencillo a Los Ángeles costaba varios miles de lempiras. Era una suma enorme, imposible de conseguir. Los únicos que sabía que tenían tanto dinero eran los ladrones de bancos. No creía que pudiera robar un banco.

Fue a la dirección de pasaportes.

Allí supo que para sacar un pasaporte necesitaba la firma de sus padres. De los dos.

—Pero no sé dónde está mi padre. Está en algún lugar de Estados Unidos pero mi madre no ha sabido nada de él por muchos años. Pero la firma de mi madre la puedo conseguir, ¿no alcanza?

—No, como sos menor de edad necesitás las dos firmas.

—Pero ya le dije que mi padre está desaparecido —gritó Dogboy.

—La única manera de conseguir una excepción es con un abogado —dijo el empleado y cerró la ventanilla.

Un abogado.

Y él, un niño de la calle, ¿de dónde sacaría un abogado? A un abogado había que pagarle, ¿cómo?

La ventanilla se abrió de nuevo y el empleado le dijo que cuando consiguiera el pasaporte tenía que solicitar un visado para Estados Unidos, toma tiempo y hay muchos papeles que llenar.

Dogboy se desesperó.

Él que no sabía leer ni escribir no podía llenar esos papeles.

Esa noche se arrastró hasta la ruina. El día anterior les había contado a todos que había hablado con su madre y que iba a viajar para vivir con ella; esta noche no quería hablar con nadie.

Rosa se sentó muy cerca de él y consiguió que le contara lo que había pasado. Que no tenía plata para el pasaje. Que tenía que tener pasaporte y visado. Y que tenía que conseguir un abogado.

Las palabras liberadoras vinieron de Rosa:

—Ve a Casa Alianza. Tienen un abogado que ayuda a los niños de la calle. Y es gratis.

Esa noche Dogboy tuvo dificultades para dormir; tenía frío y se sentía mal porque había dejado de drogarse. Los pensamientos que lo inquietaban lo tenían despierto. Pero al día siguiente, después de que terminó de ayudar a doña Leti, fue a la oficina de Casa Alianza. Para su asombro organizaron una reunión enseguida, solo porque él, un niño que había vivido muchos años en la calle, necesitaba ayuda. Lo hicieron entrar a un cuarto en donde estaban sentados cinco adultos: el director, el abogado, un médico, y otros dos que no sabía lo que hacían, pero todos escuchaban lo que él contaba, con atención.

—Te vamos a ayudar —dijo el director cuando Dogboy terminó de contar—. Te vamos a conseguir el pasaporte y el visado y el pasaje de avión. Pero primero te tienes que inscribir aquí y vivir en nuestro orfanato. Toma tiempo ordenar todo eso. Y tienes que mostrar que te puedes cuidar a ti mismo.

—Pero yo me arreglo —se apresuró Dogboy a decir—. He terminado con el pegamento. Desde el día en que hablé con mi mamá por teléfono.

—Está bien —dijo el director—. Pero nos tenemos que hacer responsables por ti. Aquí te damos una cama para dormir y vas a tener amigos y comida todos los días y puedes empezar la escuela. Y te vamos a hacer un buen examen médico. En Los Ángeles se habla inglés. ¿Hablas inglés?

Dogboy negó con la cabeza.

—Aquí puedes aprender algo de inglés. Y vamos a hacer contacto con tu mamá. Tenemos una oficina en Los Ángeles así que le vamos a mandar una persona para que hable con ella. Vete al lugar en donde viven los demás muchachos, en la otra parte de la casa. Inscríbete. Y luego te vas a poder dar una ducha. Estás sucio y pareces medio dormido.

Alguien tomó a Dogboy del brazo y lo llevó a la parte de la casa que era el orfanato para niños de la calle y niños maltratados.

Debería haber estado contento pero cargaba con un pesado secreto; además se sentía mal. Estaba obligado a agarrarse de la pared para caminar; sudaba frío y tragaba saliva para no vomitar.

No puedo vomitar aquí. No puedo pasar vergüenza. Finalmente el ataque se le pasó y pudo quitar las manos de la pared. Cuando se miró las manos vio que temblaba.

—Es la abstinencia, la "mona", como le dicen —dijo una voz que reconoció—. Cuando vio quién era no pudo menos que alegrarse, era Margarita, la que había trabajado en el basurero y tenido veinte perros. Estaba allí sonriendo. Detrás de ella estaba Carla Huracán.

—Ustedes desaparecieron de la ruina sin dejar rastro —dijo Dogboy—. Se fueron un día y no volvieron. Todos nos inquietamos. Creímos que se las habían llevado a un prostíbulo. O que la policía las había detenido. O que las habían matado.

—René nos convenció de mudarnos para acá. Él vio que estábamos en la calle todo el tiempo, usando pegamento y mendigando. Tan pronto como nos veía nos venía a hablar. Nos decía siempre que era muy peligroso para chicas vivir en la calle; es el doble más peligroso para muchachas que para varones. Al final vinimos.

—Los primeros días en el orfanato son los peores —dijo Margarita.

—Pero ya los pasamos —dijo Carla Huracán—. La primera semana yo gritaba o lloraba o golpeaba la pared con la cabeza. Yo solo quería salir y comprar pegamento. Ahora ya pasó, estoy tranquila.

—Ya no me hace falta —dijo Margarita—. Pude empezar la escuela. Y voy a trabajar de aprendiz en una panadería. Cuando me vaya del orfanato y tenga un trabajo de verdad en la panadería y haya conseguido una casa voy a traerme algunos de los perros. ¿Encontraste a los tuyos?

—No, todavía están desaparecidos —dijo Dogboy—. Pero he encontrado a mi mamá. Vive en Los Ángeles. Voy a irme para allá. Casa Alianza me va a ayudar y a conseguirme el pasaporte, el visado y el pasaje de avión. Pero me tengo que quedar aquí hasta que esté todo listo.

Cuando dijo eso la salvaje alegría le volvió al cuerpo, les sonrió a las muchachas con su amplia sonrisa y dentro de su cabeza empezó a pasar la película, la película con su madre esperándolo en el aeropuerto de Los Ángeles.

Hora de almorzar, todos los exniños de la calle hacían cola y se empujaban para comer. Golpes, gritos. Todo tenía eco en el comedor. Dogboy recordó una película que había visto sobre una cárcel. Todo el lugar estaba lleno de ruidos de cárcel. La comida no era fea, pero sabía que estaba encerrado, no podían dejar el lugar. Había guardias en las dos puertas. Dogboy respiraba con dificultad. Todo le recordaba la cámara frigorífica en donde lo habían encerrado.

—¿Te sientes mal de nuevo? —le preguntó Margarita que estaba sentada frente a él en la mesa.

—Es que yo no soporto estar encerrado. Es como una cárcel. Pero la comida es buena.

Se comió dos grandes porciones de carne asada y arroz y lamió el plato después. Cuando dejó el plato brillante y limpio, tomó a cada una de las muchachas del brazo, fue hasta el portón y le gritó al guardia que abriera la puerta. Por fin vino alguien con un llavero y les abrió. Las chicas lo llevaron a un patio trasero. Lo primero que vio fue el muro. Había un muro alto rodeando el patio. Algunos muchachos mayores jugaban al fútbol. Reconoció a algunos de ellos.

—Juega al fútbol y te vas a sentir mejor —le dijeron las chicas soltándose de sus brazos.

Después de dos días Dogboy no soportó más, trepó por el muro del orfanato y se fue.

La gran decisión

Todos tenían algo que decirle cuando volvió. Tienes una oportunidad, tómala. Casa Alianza quiere ayudarte. Pero no te pueden ayudar si no vives allí. Todos sueñan con ir a Estados Unidos, tú tienes la oportunidad. Piensa lo desilusionada que se va a poner tu mamá si no vas. Te dijo que te había extrañado todos estos años. No puedes perder ese chance. No la decepciones.

Todos lo acosaban. Doña Leti, Rosa, doña Óscar, él vendedor en la tienda de videos. Gente desconocida que lo paraba por la calle.

—Pero yo he dejado el pegamento, me voy a arreglar, pero no quiero vivir en el orfanato. No aguanto estar encerrado. Quiero vivir en la ruina. Se pueden ocupar de mis papeles de todas maneras.

—Claro que sabes que no lo van a hacer —dijo doña Leti—. Me vas a hacer falta cuando no estés, pero no quiero ser egoísta. Quiero que vivas bien con tu mamá. Yo puedo conseguir algún otro niño de la calle que me ayude con el puesto. Vuelve a la Casa. Es tu única oportunidad. ¿Sí que quieres ver a tu mamá, cierto?

Volvió a la Casa. Muchos de los niños que dormían en el mismo cuarto eran ruidosos y estaban siempre enojados; a algunos les tenía mucho miedo. Dogboy se quedó callado y se refugió en sus fantasías. Ya no era solo la recepción de su madre en el aeropuerto, ahora se trataba también de su cuarto en Los Ángeles. Allí no duerme en ninguna sala común en colchones de orfanato orinados. No, en Los Ángeles tiene un cuarto propio. Empapelado de verde. Hay una mesa y un sillón en su cuarto y un armario para guardar con llave las cosas que le ha dado su mamá. Tiene cuadros y afiches con jugadores de fútbol clavados en las paredes. Y una bicicleta propia en la que anda en un gran parque.

En esas fantasías no tiene hermanos.

No quería ni pensar que su mamá tenía tres hijos más.

Otra fantasía favorita era la de su madre llamando a su tía por teléfono y preguntándole por él. "¿Has visto a Alex? ¿Cómo está? No, pero qué contenta que me pone que lo ayuden a venirse conmigo. ¿Cuándo viene? Me tienen que decir en qué vuelo viaja para que pueda estar en el aeropuerto para recibirlo. ¿Tienes alguna foto de él? Por favor, mándame una foto, quiero saber cómo es. Tengo que poder reconocer a mi propio hijo cuando venga".

Quizás fue esta la fantasía que lo hizo escaparse otra vez de la Casa. Tomó el autobús hasta la casa de su tía en Pedregal. La casa estaba llena con sus hijos y sus nietos. Afuera en el patio estaba la tía lavando ropa.

—¿Ha llamado alguien? —le gritó.

—No.

—¿No llamó de nuevo mi madre preguntando por mí?

—No.

—Y cuando llamó, ¿no dijo que quería una foto mía?

—No.

Se fue sin despedirse. Como no tenía dinero para pagar el autobús empezó a caminar hacia el centro. Otra vez había hecho el mismo camino: de la casa de la tía al centro. ¿Cuándo? ¿Hace tres años? ¿O cuatro? No recordaba. Quizás más. Había sido el día en que había quemado las fotografías de sus padres y había dejado la casa de su tía para vivir la vida insegura de un niño de la calle. Recordó que había tenido tantas expectativas esa vez, tan ingenuas. Había corrido el primer tramo.

Hoy caminaba pesadamente.

Su madre no había llamado. No había preguntado por él. No quería ninguna fotografía suya.

Era algo que él había inventado.

Tenía el pelo pegado en las sienes cuando vio las paredes azules del orfanato; la camiseta azul estaba pegada a la espalda por el sudor; se arrastraba. Llegó lentamente a la puerta de hierro negra y levantó la mano para golpear. Si golpeaba lo suficientemente fuerte vendría el guardia a abrirle. Pero no golpeó nunca, dejó caer la mano y se fue lenta y pesadamente en dirección al río.

Se detuvo frente a un puesto que vendía estampitas de santos. Vio una con la Virgen de Suyapa. La estampa tenía un bonito marco blanco. Cuando el vendedor miró para otro lado se la metió rápido dentro de la camiseta. Los años en la calle le habían enseñado a ser rápido con los dedos. Siguió su pesada caminata. Lo único que lo alegraba era pensar en la anciana doña Cecilia. La estampa de la Virgen era para ella. Se acercaba al Segundo Puente, era su puente, del otro lado estaba el barrio pobre de Comoyagua que era su reino. Era allí que él conocía todas las calles y a mucha gente.

Pero nada era igual.

Los vendedores que estaban siempre en el puente ya no estaban. No había nadie vendiendo a gritos las hojas para afeitar o los remedios milagrosos o camisetas. Todo era silencio. Entonces vio el árbol. Al extremo del puente estaba el gran árbol de doña Cecilia. Pero allí debajo no había sentada una viejecita con una gorra tejida de color rosado y la montaña de cachivaches tampoco estaba. Estaba vacío debajo del puente. Cuando llegó al lado lo único que vio fue tierra limpia y apisonada.

—Se la llevaron —dijo un lustrador de zapatos que Dogboy conocía—. Fue el nuevo alcalde que vino. Le dijo a doña Cecilia que no podía vivir debajo del árbol. Era muy peligroso para una persona anciana vivir en el medio del tránsito. No es digno, dijo él. Se tenía que ir. Doña Cecilia lloró y gritó y trató de agarrarse al árbol pero se la llevaron en un auto. Mucha gente se había juntado y el alcalde dijo que se la llevaban a una casa de ancianos. Al mismo tiempo vinieron unos hombres y se llevaron todo lo que tenía, lo que había juntado todos estos años. Lo metieron todo en cajas y en bolsas, lo cargaron en un camión y lo llevaron al basurero.

—Pero yo tengo una estampita para ella —dijo Dogboy sin fuerzas.

Estaba desconcertado, todo su mundo estaba deshaciéndose en pedazos.

No había nada igual.

Su mirada aterrorizada percibió una larga hilera de orugas amarillas. Con los motores rugiendo iban atacando las casas en ruinas a lo largo de la Primera Avenida.

—El nuevo alcalde va a derribar todas las ruinas de la Primera Avenida —dijo el lustrador de zapatos—. Dicen que va a hacer un mercado nuevo allí.

Dogboy no quería oír más, pero no podía dejar de mirar. Vio grandes montones de escombros y de piedras en el lugar en donde habían estado las casas castigadas por el huracán. ¿Y qué iba a pasar con su ruina? No podían destruir su ruina, era su hogar, allí vivía con Rosa, Carlos y los demás.

Corrió entre las pesadas máquinas y los hombres que cargaban los escombros en los camiones. Le pegó una patada a una oruga amarilla que estaba justo en ese momento tirando abajo una pared.

Todavía no había llegado a su ruina. "No la pueden derribar", pensó desesperado. "Es una casa. Es mi casa".

Se quedó parado con la boca abierta.

Todo había desaparecido, solo quedaba un montón de escombros.

Como en una nube gris dio vueltas de un lado para el otro buscando a Rosa y a Carlos y a doña Óscar y a los niños de la calle que acostumbraban dormir allí en la ruina con él, pero todos habían desaparecido.

Pero ¿y doña Leti entonces?

Empezó a correr. Mientras corría pensó que debía de haber una maldición sobre él, porque todos los que él quería lo abandonaban. O desaparecían, como los perros y Rosa y todos los demás de la ruina.

Le costaba correr pero se obligó a hacerlo. Dio vuelta por una calle peatonal y llegó a la interminable Calle Real. Las piernas pesaban como cemento y le dolían, pero seguía corriendo. Ella también lo había dejado. Seguro que había encontrado otro niño de la calle para ayudarla.

Las fuerzas volvieron cuando vio el puesto allá a lo lejos en el lado izquierdo de la acera. Por lo menos doña Leti no había desaparecido. Estaba como siempre repartiendo en porciones la carne asada y la ensalada en los platos de cartón. Sin aliento y sudoroso se paró frente al puesto.

No vio a otro niño de la calle cerca.

—¿Todavía tengo trabajo?

Ella no le dijo nada pero puso los platos en la mesa y se le acercó. Mientras lo abrazaba le dijo:

—Claro que sí. Nadie es tan bueno como tú. ¿Pero no te vas a ir a Los Ángeles? ¿No vas a irte con tu madre?

—No me voy a ir a Los Ángeles.

Cuando el día de trabajo terminó y Dogboy encerró todo en el depósito, ella le dio algunos billetes.

—¿Seguro que vienes mañana? —le gritó doña Leti—. Prométeme que vienes.

Con dinero en el bolsillo podía comprar algo de comida para la noche. Hasta podía ir a MacDonald's y comer hamburguesas porque estaba tan bien vestido y tan limpio después de su estadía en el orfanato que seguro lo dejaban entrar. No, tenía que ahorrar el dinero. Si encontraba a Rosa le iba a dar el dinero como lo hacía siempre para que comprara algo con lo que ella podía cocinar para todos. ¿Pero dónde estaba ella? ¿Y los demás? Y si se los hubieran llevado a todos, a Carlos, a los demás, cuando derribaron su ruina... No, no podía ser cierto. Empezó a recorrer las calles sin rumbo, buscando a Rosa y a Carlos. Y también buscaba los perros. Durante esa interminable caminata sobre las aceras conocidas, bajo una lluvia persistente, él sacó a la luz su doloroso secreto. Por fin se había decidido.

Era cierto lo que le había dicho a doña Leti. No iba a viajar a Los Ángeles, se iba a quedar allí.

Es cierto que su ruina ya no existía pero tendría que dormir en la calle de nuevo. Miró buscando una acera. Su vieja pandilla ya no estaba, nadie sabía adonde se los habían llevado, quizás a una cárcel de menores o a un reformatorio. Nadie sabía. Iba sin meta alguna. Cuando oscureció dejó de llover, por suerte.

—¡Dogboy!

Alguien gritaba su nombre.

¡Era Rosa!

—¡Doña Rosa!

Estaba allí, delgada y sonriente en la puerta de una casa a punto de caerse.

—¡Mira! Es otra ruina. He hablado con la dueña. Nos deja vivir aquí. Entra. Está sucia, pero muchos de los cuartos tienen todavía techo, es mejor que el lugar que teníamos antes.

—¿Y qué pasó con sus cosas?

— Vinieron muchas orugas y camiones con soldados armados. Nos dieron orden de irnos enseguida. Nos pudimos llevar solo la cama. Carlos y yo nos la llevamos a la espalda. Los soldados nos dejaron. Pero todo lo demás fue sepultado bajo los escombros.

A pesar de todo Rosa se reía.

Dogboy se dio cuenta de que ella pensaba que era fantástico que hubiera tenido tanta suerte, que había encontrado otra ruina para ellos. Y que había salvado la cama.

Trabajaron duramente esa noche. No había electricidad en la ruina, pero la luz de la luna les permitió trabajar en el cuarto que no tenía techo. Se esforzaron mucho. Rosa, Carlos que rengueaba, doña Óscar que no se había preocupado en maquillarse ese día, tres niños de la calle y Dogboy. Esta casa había sido usada como cuarto de baño por mucha gente; tuvieron que sacar la mierda acumulada en el piso a paladas. Buscaban agua en un terreno en los alrededores y la llevaban a la casa y fregaban el piso.

Los tres perros de Rosa se les metían entre las piernas. Por fin estaba todo lo suficientemente limpio como para que pudieran dormir en uno de los cuartos. Rosa y Carlos durmieron en la cama que habían salvado. Dogboy y los otros durmieron en el piso.

Antes de dormirse, Dogboy pensó que tenía que averiguar a qué casa de ancianos habían llevado a doña Cecilia. Tenía que darle su estampita. Pero sobre todo pensaba en Margarita, la niña que había tenido veinte perros cuando trabajaba en el basurero. Él, que había decidido que no se iba a enamorar de nuevo, sospechaba que se estaba enamorando, porque no podía dejar de pensar en ella. Tan pronto como cerraba los ojos la veía delante de él. Empezó a hacerse una nueva película. Esta vez no se trataba ni de su madre ni de su cuarto en Los Ángeles. Era sobre Margarita.

Temprano a la mañana siguiente llegó al puesto de doña Leti. Iba a trabajar en serio con ella y no iba a desaparecer. Le dio un rápido beso en la mejilla cuando llegó, no lo pudo evitar.

—Tengo algo para ti —le dijo ella—. Alguien viene con ellos en la tarde.

—¿Ellos? ¿Quiénes? —dijo Dogboy.

Por la tarde un taxi blanco y abollado estacionó delante del puesto de doña Leti y de él se bajó un taxista risueño con un cachorro marrón con manchas blancas en los brazos. Emmy venía dando saltos detrás.

—Te prometí volver con la perrita y con un cachorro —dijo el taxista—. Pero también tuve a otro perro en mi casa. Uno grande y marrón, apareció en mi puerta unos días después de que Emmy había parido sus cachorros. Se quedó afuera de mi casa todo el tiempo. Creo que se conocen.

—Canelo, tiene que ser mi perro Canelo —dijo Dogboy.

—Me lo sospechaba —dijo el taxista—. Mira en el asiento de atrás.

Allí estaba Canelo. Estaba sentado muy derecho mirando para adelante. Pero tan pronto como Dogboy apoyó la cara contra la ventanilla del auto y golpeó con las dos manos Canelo lo vio y empezó a ladrar frenéticamente hasta que el taxista abrió la puerta y lo dejó salir.

Dogboy abrazó y besó a sus perros y besó a doña Leti por segunda vez ese día; los perros bailaban a su alrededor. No se pudo contener, les tenía que mostrar los perros a todos. Los llevó a la tienda de videos y se los mostró al vendedor de diarios y a los lustradores de zapatos y a Jorge, el policía que era bueno y que acostumbraba hablar con él a veces. Y corrió con los perros a la nueva ruina para mostrárselos a Rosa y a Carlos y a todos los demás.

Esa noche estaba sentado a la luz de la luna en la orilla del maloliente río Choluteca, un niño de la calle con una gorra de béisbol roja sobre el desordenado pelo negro. Tenía al cachorro en las rodillas, a un costado estaba la orgullosa Emmy, con sus manchas blancas y negras, al otro costado el perro grande, peludo y marrón, Canelo. El cachorro era marrón claro con manchas blancas en la espalda, era un macho que tenía las orejas puntiagudas de Emmy y la cola de Canelo.

—Ahora van a oír mi secreto —les dijo Dogboy porque había vuelto a su costumbre de hablar en voz alta con sus perros cuando nadie lo oía—. Les mentí a todos. Les dije que mi mamá había estado muy contenta de escucharme la voz, que me había extrañado y que quería que yo me fuera a vivir con ella a Los Ángeles. Nunca me dijo eso. Cuando le pregunté si podía ir me dijo que no, que no se podía. Y no llamó nunca más a mi tía preguntando por mí. Nunca dijo que quería mi fotografía. Yo inventé eso porque quería que fuera así. Ya no me preocupa. No me importa mi madre, nunca se ha preocupado por mí. Yo tengo una madre aquí, tengo muchas madres. Doña Leti y Rosa son mis madres. Sé que me quieren. Son buenas y me dicen que me lave y me ponga ropa limpia. Es lo que hacen las madres. Me voy a quedar aquí. Me voy a quedar con ellas. Y con ustedes.

Levantó el cachorrito regordete y lo miró. No tenía ningún nombre todavía. ¿Cómo se iba a llamar? De pronto supo qué era lo que tenía que hacer. Iba a ir al orfanato para decir que no necesitaba ayuda para ir a Los Ángeles. E iba hablar con Margarita, que tenía tan buenos nombres para sus veinte perros. Seguro que ella iba a encontrar un buen nombre para su cachorro también.

Dogboy se levantó y tiró a lo lejos una ramita que los tres perros se pusieron a perseguir, ladrando contentos.

Monika Zak

Escritora y periodista sueca, lo conoció caminando por las calles de Tegucigalpa, Honduras, se hicieron amigos y el niño le contó su historia llena de miseria y abandono, pero también de determinación, dignidad y esperanza.